U0165555

進擊吧！現代詩：
詩、歌、人聲的傳媒實踐

顧蕙倩、小實、張敬 編著

五南圖書出版公司 印行

推薦序一

新詩

極精簡的文字，具現代與新潮，能伴以內斂、奔放、冒險與安和的精神，轉折呈現詩人們內心豐沛的表情、情緒或敘寫生活百態。讀詩，每位個體解讀出不一樣的媚體百態。所以我體識了新詩——嚴謹又自由的美。

歌

流行音樂多年在市場上洗鍊，常常因市場喜好改變而大近相似，自有一套自成的模組公式，獨立音樂成為一種自我、特殊的演繹存在。小老鷹樂團的創作總是透著溫暖正向的風格，主唱吉他手——小實，對於文字擁有一種獨特的敏感度，時常透過新詩本體接觸到詩人本身最原始的含意。了解文字後，再為新詩譜上旋律和弦，加上自身極具感染力的歌唱特質，總能把新詩帶入聽眾內心。不僅具有同理心療癒的撞擊，也能使文字文學的美麗植入聽者內心。小老鷹的團員們透過小實的吟唱也各自融入自己對詩句的解讀來加入編曲的行列。現場演繹時，古箏的清脆鏗鏘、二胡的醉人柔情、爵士鼓的雄壯鼓動、貝斯的澎湃蔓延及打擊樂的清閒點綴，讓新詩更具渲染力，完全展現出生命激動的動態感。新詩可以在著樂曲來讓大家不再覺得文學呈現的遠距離感。原來新詩可以很親民百變、很流行、很搖滾。

人聲

　　廣播，一種傳統的傳播媒介，利用主持人的聲音來傳遞表達訊息。榮獲十座金鐘獎的主持人——張敬，以沉穩磁性的嗓音為人心帶來療癒，利用廣播放送的方式將新詩的畫面與感動以聲音呈現，讓聽眾透過聆聽的方式感受新詩靜態的瑰麗文字。

　　由，詩、歌、人聲三方交織成全新維度的新詩音樂文學，很精準的再把各專業的涵養融合推向新的高度。

阿北
小老鷹樂團 打擊樂手

推薦序二

　　老鷹，一直擁有著自己的高度。俯瞰大地仰看星辰人間百態。認識『小實』是在四年前的一個森林故事館演唱現場，因為好奇的趨使向前觀賞。

　　原來還是當年的三隻『小老鷹』正在青稚而呱，歌聲嘹亮滿是笑容，人們十分認真地聽著，雖然當時並沒有互相認識，回去之後透過FB著實觀察了好一陣子。

　　在後來的幾年當中我與小實成為了社群網站上的朋友，時常看到彼此的貼文當中，發現到一件奇怪的事，那就是『小老鷹樂團』的由來。

　　在很多的PO文與視頻當中從來都沒有關於團名的出處，直到最近才知道是在2014年，美國的超級樂團EAGLES唯一的一次來到臺北林口的演唱會。她們參加了這場盛會後感動之餘，有了組團的初衷。殊不知我與我的搭檔還有另外二個朋友當時也在演唱會的現場，這就是印證了俗話說：「鷹雄何處不相逢」了吧！

　　2016/01/23小實邀約知己三重唱參加東區音樂小禮堂的『跨，無限』演唱會。很不好意思的是，後來才發現小實把那天的大部分收入都給了我們，她就是這麼一位為了做好工作而不計算自己利益得失的人。演出的那天外面下著大雨，雖然身上淋得有些濕濕的，進到地下室看到滿滿的人潮，不覺心中浮出絲絲的暖意……這個因緣是因為在一年前我們同時參加了張雨生懷念音樂會，這是我們第一次同臺演出，也是小鷹們與知己第一

次正式見面。就是這個演唱會『跨，無限』小老鷹樂團正式與詩樂劃上了等號。

　　我所認識的小實是一個認真到讓人心痛的團長。臺灣的音樂環境很難帶給音樂人生活上的足夠餵養，因此必須要做出更多元的變換，從此，跨界才有緣份油然幻化出蛹成蝶的機會。很高興看到小鷹們在2016獲得了金鐘獎最高肯定。

　　今天為此書寫序心中充滿著忐忑，因為我也與大部分的樂人一樣，正在為音樂打拼，為生活而努力著，《進擊吧！現代詩：詩、歌、人聲的傳媒實踐》這本書是樂人、詩人與廣播人加乘的心血，也為這枯竭的時代帶來溫暖滋潤。

　　當你們願意掏出百元買杯咖啡，那微苦的汁液穿腸胃而過，心裡泛起了一陣小幸福也是一種心情，更進一步想想，掏幾百塊擁有一本『詩歌人生』或是一張CD，讓聲音與文字進入人們的腦海裡慢慢沉澱，慢慢咀嚼，確實有著更高的態度不是嗎？無論是老鷹，還是小鷹，都是飛翔在天的高手，做什麼，都是全心全意。

知己三重唱

曾寶明

2017/07/10謹識於臺中

如何使用本書

顧蕙倩

　　現代科技日新月異，機器人與AI人工智慧的技術已逐漸取代「人類智慧」的傳統角色，想要擁有美好未來，「學有專精」固然重要，因應數位多元的文明發展，除了持續秉持人類文明的發展精髓，開發人類想像力與創造力外，學習第二專長成為勢在必行，因為，跨領域的時代已經來臨，而學校發展也勢必更加跨領域。

　　2016年六月，第51屆廣播金鐘獎單元節目獎頒給了「詩‧歌‧人聲」，這是由廣播人張敬精心策劃，結合廣播、音樂與文學專業領域的單元節目。透過廣播傳媒，帶給閱聽人現代詩與音樂對話的無限饗宴，看起來這一切似乎是一次具跨界意義的實驗之作，可是，這一切的傳播新行動，其實三千多年前的詩經便已達成！

　　當然三千多年前沒有「收音機」，但是透過了音樂，以及傳唱音樂的歌者，將美好的詩樂情感傳播出去，也透過世世代代的炎黃子孫，將詩三百的詩歌內涵代代演繹與詮釋，逐漸累積形塑為中華文化的詩樂傳統，如此詩樂的傳播力量，其實就是最深刻動人的「詩、歌、人聲的傳媒實踐」！

　　雖然「跨領域」是今天高等教育最時髦的關鍵字，如果誰還敢不知道，那就落伍囉！前臺灣大學校長李嗣涔也曾分析「科技與社會變化這麼快，任何一個領域的知識生命期都不會很長，可能你才畢業五年，卻發現學的東西都過時了。」但是我們要了解，「跨領域」並非「樣樣通，樣樣鬆」，也絕不是「樣樣鬆，樣樣通」式的「跨領域」拼圖活動，應當從個

人專業領域出發，將自己的基礎打好，先有學習體悟，並呈現學有專精的成果，才能進而出入各領域，具備整合能力，展現跨領域後的新格局。

「跨領域」主要分成兩種：教學研究的跨領域，以及個人專業能力的跨領域，面對學生學習第二專長的需求，授課老師的教學研究若能從自身專業發掘更多的可能性，給予學生「舉一反三」的跨領域想像與視野，勢必能引領學生更多元更啟發性的教授。這本《進擊吧！現代詩：詩、歌、人聲的傳媒實踐》就是抱持著如此理念，將廣播人、音樂人與文學教育者的專業領域加以結合，並以專業實作的方式呈現跨域教學與實作成果課程。

在基礎專業領域部分，共分為三章，分別是「詩樂傳統、創新與應用」（顧蕙倩）」、「廣播節目製作心法」（張敬）及「音樂製作心法」（小實），由文學、廣播與音樂製作三方面深入介紹；另有「現代詩樂作品賞析」，選錄二十首臺灣當代現代詩作品，從作品導讀與詩譜曲創作導讀，帶領學生進入文學與音樂的精髓；全書結合詩、歌與廣播節目製作的跨領域實作，藉由兼具美感與質感的有聲作品，讓老師與學生能在專業學習之餘，真正體會文學、音樂、與傳播媒介三者結合的成果，並從中有所體悟，進而達到舉一反三的教育意義。

從學生時代，就需努力培養跨領域學習的心態與方法。首先在態度上，學習者需要建立高度的好奇心，開放且謙遜地去學習新的領域，盡量找機會探索，體驗，擴大自己的視野，了解自己的專業之餘，持續自己摸索、學習的熱情，進行有系統、具啟發、主動性的學習。

的確，單一專業已難因應環境變遷，各大學、高中端近年來對新興現象的教學設計，紛紛走向開設跨領域課程來協助學生進一步學習，以掌握這些新興現象的脈動。教育部也特別編列預算補助各大學開設跨領域課程，也在高中端推動「特色課程」、「多元選修課程」，鼓勵跨領域教

學。各大學、高中也積極籌組跨領域研究團隊,從不同專業領域整合頂尖人才合作,共同研發新興科技、知識或教材,因應未來社會的需求。

　　蘋果創辦人賈伯斯非常喜愛引用畫家畢卡索的這句名言:「好的藝術家懂複製,偉大的藝術家則擅偷取。」他的兩個創新關鍵字是「借用」與「連結」,賈伯斯革命性地改變多種產業風貌的成就,就是跨領域融合與進化的極致。期待本書也帶給勇於嘗試的您不一樣的跨界人生。

圖　跨領域的時代已經來臨,文學、音樂、與傳播媒介三者結合的成果獲得金
　　鐘獎肯定,以《詩、歌、人聲》廣播節目接受媒體聯訪。(左起顧惠倩、
　　張敬、小實)/截圖自YOUTUBE eTV行動傳媒 頻道

目 錄

第一章

詩樂傳統、創新與應用

—顧蕙倩

一、詩和歌絕不是同一件事

雖然「詩歌同源」這句話聽起來理所當然，但是詩和歌絕不是同一件事。

2016年第28屆金曲獎的最佳樂團、最佳新人由「草東沒有派對」獲得，而由其作詞作曲的《大風吹》更獲得年度歌曲獎。我們來看看這首歌的中間幾句，令人憶起了中唐時期新樂府運動的詩人白居易：

一樣又醉了　一樣又掉眼淚
一樣的屈辱　一樣的感覺
怪罪給時間　它給了起點
怪罪給時間　它給了終點

流行樂壇總是熱鬧哄哄，連歌詞也需強調淺白易懂，更以琅琅上口為當然之準則。「情愛」的主題易於討好多數聽眾，開口閉口都不離抽象性的感官語言，「我愛」、「你愛」、「不愛」、「亂愛」的通俗字眼，以為都比使用「意象性」的視覺語言要適合闖進金曲排行榜。曾幾何時，「草東沒有派對」以詩性語言作為流行音樂的歌詞，透過音樂傳達自我理念，不只是當年流行樂壇的最大贏家，更將流行音樂帶回了中國詩樂的悠久傳統。

提到中國文學裡的詩，習於將「詩樂不分」這句話掛在嘴邊，自《詩》十五國風始，詩樂其實指的就是民歌，「樂」指的便是樂曲，那是一種庶民藉音樂傳唱傳播情感的方式，主要反應庶民生活、政治理想與鄉野間的情思等。到了孔子的儒教學堂之上，便以《詩》為「六藝」課程之一，那是在「教育範疇」內形成的知識體系，於是以民間歌謠為內容主體

的《詩》便成為「溫柔敦厚，詩之教也」，有了儒教的邏輯與整合之後，「樂」便由先民的自然情感節奏，逐漸轉向為附屬於「詩語言」的教化功能為尚，三千年來，自然形成以「詩教」為主體的「詩樂」教化。

最早的「詩樂不分」並非指詩兼具的「內在音樂性」或是「外在音樂性」，而是因人類習於表達情感的慾望，自然吟唱為動人心脾的「歌謠」，那「先樂後詩」的自然節奏逐漸使詩的內容具備適合傳唱的形式，或疊誦、或押韻、或合乎邏輯性的升降音韻，便自然形成了「詩樂不分」的先民歌謠形式與傳統。以今日「現代詩」發展的角度尋溯「詩歌」發展的起源，總以現在書寫習慣剖析「詩」這個文體如何與「音樂」結合，或是「詩」是如何與歌詞「分野」為出發點，試圖尋找「詩」與「歌」的差異性與雅俗之分。其實，《詩經・大雅・卷阿》提及「矢詩不多，維以遂歌」或是《詩經・園有桃》：「心之憂矣、我歌且謠。」其中的「歌」與「謠」，指的是「歌謠」形式，《爾雅・釋樂》解釋「謠」為：「徒歌謂之謠。」，而詩《傳》解釋「歌」為「曲合樂曰歌，徒歌曰謠。」，可見「詩言志，歌詠言」的相互應和為自然生成的情感律動，並無雅俗之分，可惜的是，現代詩走入譜曲的形式，便有雅俗的爭議，這是值得商榷的問題。

隨著知識份子逐漸仿民間樂府詩而寫古體詩，詩的音樂性發展逐漸與傳統歌謠風格分離，自然而有內在韻律化的傾向。於是到了唐朝便有了外在格律的限制，演變到宋朝則創生出倚聲填詞的音樂風氣，端看創作者是先詩而後樂，或是先樂而後詩的抒發方式。到了民國推動白話文運動之後，現代詩的發展已無古詩格律的限制，於是在不同於傳統「詩樂」與「詩教」的發展與限制下，詩人勢必得逐漸建立屬於「現代詩」的音樂性，這不論傳承或創新，在「內在音樂性」與「外在音樂性」的詩樂連結之間，隨著「現代性」的時空背景之下，「詩」與「樂」的辯證關係逐漸

形成現代詩樂創作的「互文性」。

　　《詩‧大序》有言：「詩者，志之所之也。在心爲志，發言爲詩。情動於中而形於言，言之不足，故嗟歎之。嗟歎之不足，故永歌之，永歌之不足，不知手之舞之、足之蹈之也。」當閱讀美好的詩歌作品，吾人必吟詠不絕，喚起自然的韻律，詩的節奏與樂曲的節拍便自然而地湧現，如詩如樂之生命因而更和諧。詩的創作來自內心的聲音，成文謂之音，成調謂之曲，互爲表裡，多音交響。楊牧在《一首詩的完成》專文提及「詩的音樂性」：「古代的詩本來如此，音樂和作品的指意密切結合，外敷以從容適宜的色彩，圓融渾成，無懈可擊。」楊牧所認爲其之爲天籟和人心互生互鳴，這就是詩之音樂性的基礎。然而現代詩人眞的認爲將詩的音樂性一併思考進創作中是必要的嗎？詩人在創作時，可同時享受著文字的音韻之美？

二、現代詩與音樂跨界呈現

　　然而，現代詩與音樂跨界呈現的必要性何在？「現代詩樂跨界」是否因著音樂演出，而讓詩有了面向社會發聲的機會，獲得更多呈現的媒介呢？還是認爲「音樂」是一種病毒，和音樂界甚至是流行樂壇的結合是否會讓現代詩「雅俗不分」，視現代詩爲歌詞的變體，而詩人在創作中逐漸侵蝕詩意而不自知？文心雕龍有言：「異音相從謂之和，同聲相應謂之韻。」當詩人的文字音韻思維與音樂人的音符思維開始碰撞，詩的內在音樂性與音樂人的樂曲聲調互爲相從，形成詩樂跨界的表演形式，這種「和」，究竟是「和諧」？還是一方征服使另一方消退的「假性和平」呢？

　　然而有趣的是，現代詩其實一直和音樂界有著互爲對話的關係，不

時可見現代詩人中有人跨足音樂界，大量從事歌詞的創作。詩歌同源，沒錯，可詩和歌絕不是同一件事。

2006年方文山出版個人詩集《關於方文山的素顏韻腳詩》，這位曾連續入圍六屆金曲獎最佳作詞人獎的作詞達人，不但將自己對現代詩的創作理念一一落實於作品裡，強調恢復傳統詩詞的風格，更讓詩句具備音律、節奏美感的韻腳使用，讀來也像是一首首即將穿上曲調外衣的歌詞，不僅具備歌詞的琅琅上口，更擁有文學性的意象。只是身為歌詞創作者的方文山，是不是也希望有一天這些詩作能夠以流行音樂的方式傳唱出來呢？

2011年夏宇出版了《這隻斑馬》與《那隻斑馬》，兩書同時收錄了163首歌詞，然而弔詭的是，以歌詞創作為內容的書籍，夏宇卻不以「李格弟」掛名作者，而是出現「夏宇／李格弟」雙作者式呈現，這也正說明了流行歌詞雖然喜歡直接易懂的文字，但是身為詩人的夏宇跨足流行歌壇為「李格弟」時，可不會這麼輕易使用流行音樂歌詞的濫情、重複、愛了又恨、恨了又愛的描述情感文字，「李格弟」的身分實已無法與詩人夏宇截然劃分。這些歌詞和那些詩雖然這麼不一樣，但絕不是人格分裂，而是詩人懂得詩與歌雖是同源，但是，用耳朵聆聽的歌詞就是和用眼睛閱讀的現代詩絕非同一件事。

不只是夏宇化身為歌詞創作人李格弟或童大龍，詩人路寒袖創作歌詞也頻頻得到「最佳作詞人獎」等，另有將自己的詩作與音樂家合作譜曲進行詩樂表演的美妙結合，如向陽、余光中、鄭愁予、顏艾琳、路寒袖、林婉瑜等人；甚至有些音樂家將自己的歌詞創作「歌詩化」以提升歌詞的文學性，如方文山、陳綺貞、邱比等人。音樂也是一種寫作方式，本來音樂即具有「穿越」和「縫合」兩種功能，可讓詩作裡看似無關的意象和字詞縫合，一如詩因為押韻、排比等內在的音樂節奏，而將無甚相關的意象

文字連在一起。當一首歌詞或詩譜上一曲好聽樂章，閱聽者可能會因為訴諸耳朵的感受，而無意間縫合了文字的殘缺空洞；也可能因為一首相從得宜的樂曲，而將一首好詩詮釋得更加感動人心。但畢竟不論如何談論詩的「音樂性」，還是得先有主從之分，詩譜曲，依然是詩的文字，而非歌詞，畢竟詩與歌詞的性質、目的並不相同。

　　詩人白萩曾在《現代詩散論》一書中提及語言本就存在斷與連的兩種特性，對以語言為唯一存在的詩而言，將產生何種「斷與連」的影響，身為文字創作者更有深入探討的必要。詩既然是一種語言文字的藝術，字義與字音便是構成這項藝術的兩大要件，所以詩人的角色，除從字義的表現遣詞造句外，另需從詩語言的「音樂性」把握，不論是形式的實驗或是轉而對語言本質尋求從口語、白話，以把握「內在音樂性」的呈現，皆以開拓出符合當代語言與聲音特質的詩路為尚。

　　在遙遠三千多年前的一條小徑，有位女孩輕輕唱著：「采采卷耳，不盈頃筐。嗟我懷人，寘彼周行。」而就在此時，耳畔響起了征戰遠方的士兵歌聲：「陟彼崔嵬，我馬虺隤。我姑酌彼金罍，維以不永懷。」這是《詩經·周南·卷耳》的其中兩段，至今已無法還原當時的歌謠創作者如何吟唱，但是那位邊採著卷耳邊唱著歌謠的女孩，和那騎著戰馬，吃力地爬上高坡，詠唱著思念曲調的年輕戰士形象，至今依然能穿越時空，深深撼動著我們。

　　已無法還原當時的歌聲，所以震撼我們的不是昔時的音樂曲調，而是因著詩文本的流傳，再現昔日民間歌謠的情思，與當時的主角產生超越時空的感應，甚至譜寫與昔日詩歌相關的文學作品，將數千多年前的情思綿延至今。不只詩經，中國詩歌的民間性與音樂性，讓文本本身產生雅與俗的共鳴，透過誦詩與唱詩，代代流傳的不只是文本，穿透時間來到現代，雖然已無法得知昔時的曲調，透過對意象經營的理解與感應，當代的情感

依然能透過古典歌詞呈現「現代性」的再詮釋與累積。

三、現代詩與歌詞的「音樂性」定義

　　即使中國文化具備如此深厚的詩樂傳統，現代詩與歌詞的「音樂性」定義仍須嚴謹區分。

　　我們必須承認今天提到「詩」，不能忽略詩的「音樂性」，這是詩的傳統，然而，現代詩的「音樂性」和古典詩的「音樂性」具有相同意義嗎？

　　如前文所言，楊牧在《一首詩的完成》提及，那自詩經以降流傳三千多年的「詩的音樂性」基礎，已隨「詩」文體的書寫形式與書寫者角色的異動，也由「音樂和作品的指意密切結合」的先民歌謠形式逐漸內化成為詩作品風格的一部分，例如唐代發展興盛的「近體詩」卻在格律的規範中尋覓創作的依據，一但有了平仄對偶的限制，音節固定，章句不變，所謂源於天籟的「音樂性」對詩創作便失去了意義，而音樂性的毀壞就從人為的四聲原理開始。

　　既然現代詩的「音樂性」其實沒有任何規範，端視詩人的創作動能而定，有時可以充滿著詩經、楚辭般歌謠的音樂性，有時又可在反覆吟詠的情致節奏中，形成跌宕有致的內在音質。這也間接形成了中西詩人的作品無形吸引著「音樂家」紛紛為之傾倒，以詩成為其音樂創作的「繆思」之神，進而完成一首首為詩譜曲的佳作。所以自從「現代詩」以打破唐代近體詩與古典詩格律規範作為表達媒介，意思就是其「音樂性」不能再以平仄音步為創作的規範，也無須充滿對偶或類疊的詩句，而是必須發展它真正創新的「內在音樂性」。

　　一九五○年代的臺灣現代詩壇正處於現代主義的實驗風潮，當時音樂

家許常惠與詩人白萩皆是身歷臺灣現代藝術創作的轉捩點上，一個是當代音樂家，一個是詩人，以詩樂訂交，如今回顧兩人對臺灣現代藝術承先啟後的重要地位，以及爾後兩人持續的情誼，藝術永恆，詩心長存，詩樂對話，令人玩味不已。一九六一年許常惠教授為詩人白萩的詩作〈落葉〉、〈沈重的敲音〉、〈蘆葦〉、〈眸〉、〈流浪者〉創作〈白萩詩五首〉樂曲，是否也是因為在心底響起壯闊又渺小的存在感呢？白萩曾認為自己不是推翻詩的音樂性，而純粹就繪畫性及意象方面來追求詩意，並且創作了一些圖象詩，讓現代詩的存在不只純粹依賴音韻，而以「看」來讀詩。但是有趣的是，白萩雖然一直不強調現代詩的內在音樂性，但是白萩於一九五九年三月創作的圖像詩〈流浪者〉是孤獨的圖像，也讓音樂家許常惠譜寫出動人的樂章。

　　法國詩人馬拉美（Stephane Mallarme）作品《牧神的午後》（L'Après-midi d'un faune）深深啟發了法國作曲家德布西（Claude Debussy），將其作品改編為〈牧神午后前奏曲〉（Prélude à l'après-midi d'un faune）；同是法國作曲家的拉威爾（Maurice Ravel）亦曾將馬拉美的詩作譜寫成《馬拉美的三首詩》（Trois Poemes de Mallarme）；而美國女詩人艾蜜莉‧狄金生（Emily Dickinson）的作品亦非常適合「入樂」，美國當代著名音樂家柯普蘭（Aaron Copland）、加拿大古典音樂作曲家尼克‧佩羅斯（Nick Peros）等人都曾經將狄金生的詩作改編為歌曲。當然，更為大家所熟悉的就是余光中的〈鄉愁四韻〉，其極富歌謠形式的書寫，將現代詩的內在節奏與抒情韻致的句式合而為一，至今依然以音樂的模樣迴盪在世人心裡：

給我一瓢長江水啊長江水

那酒一樣的長江水

那醉酒的滋味，是鄉愁的滋味

給我一瓢長江水啊長江水

　　詩人與音樂家的書寫方式充滿藝術形式的異質性，對音樂家以音符曲調詮釋的「詩意」與詩人思索的「詩意」畢竟不同，這是很有趣的「互文性」跨界書寫，如果音樂家以一首詩的「內在音樂性」加以譜寫，和以「外在音樂性」的譜寫方式再創作個人的詮釋，是否也就呈現了傳統詩詞曲與音樂的不同互動方式？如此的詮釋方式，不也是一種傳統與現代的承繼與創新嗎？

　　詩人夏宇也是詞人童大龍、李格弟，當詩人成爲流行音樂作詞者時，這兩個角色剛好是同一人時，其關係充滿著辯證性。夏宇在歌詞集《這隻斑馬》一書寫道：「詩要說性則有說不盡的性：文字性、意象性、音樂性、建築性、視覺性、繪畫性、電影性、舞蹈性、生活性、社會性、空無性、蘋果性、芭樂性、唯心唯物性，……歌幸好不談『性』，談的是『位置』，劉德華與伍佰定位有何不同……趙傳受傷、辛曉琪療傷，王菲最好一以貫之什麼也不鳥。我以前很天眞以爲哎不要吧這樣誤導宰制，後來才瞭消費者根本完全識破而且要的就是這個。」看來夏宇自己對於李格弟跨界寫詞這件事究竟是失了詩格，還是詩人與詞人互爲隱喻，連她自己也說不清。流行音樂的評論家對詩與歌詞的界線遠比詩壇寬容，對「李格弟」的評家也不吝稱許。音樂人翁嘉銘主張「詩歌不分」，而「李格弟」這位詩人的分身，夏宇最終亦賦予他「詩人」的身分，她不僅是分身，更是主體，不僅是詞人，更可以是詩人，夏宇與李格弟是值得玩味的現代詩樂異質性書寫的現象。

所以，現代詩樂的結合自有其古典詩樂歌謠的傳統，也有詩人與音樂人創新的跨界方式，畢竟詩重形式實驗性，音樂亦然，彼此期待的不只是互相配合或成為對方的詮釋角色而已。臺灣現代詩樂合作最為人所津津樂道的就是起源於1970年代中期臺灣各大學及大專院校校園，於1990年代結束的「校園民歌」運動。當時以「唱自己的歌」與臺灣社會背景息息相關，以現代詩的譜曲與現代詩人的投入歌詞創作成為新民族意識覺醒的行動代表之一。然而時至今日，許多音樂人為了提升自己的作詞風格，也紛紛將歌詞新詩化，或是主動為現代詩人的作品譜曲，這些流行音樂人所進行的詩譜曲，究竟和當時的校園民歌有什麼共通性呢？

四、共享詩樂創作的美好

　　七〇年代臺灣興起的校園民歌運動帶動了詩樂創作風潮，音樂的翅膀無形成就了詩的普羅化，讓愛好詩樂者隨時可以將一首長詩一字不漏地吟唱。當時經音樂家譜曲的詩作如雨後春筍般一一創生，如古典音樂家李泰祥曾為詩人羅青、蓉子、鄭愁予等譜寫詩作，其為詩人向陽創作的長詩〈菊嘆〉譜寫盪氣迴腸的樂曲之後，能全首唱完的大有人在，「所有的等待 只為金線菊 / 微笑著在寒夜裡 徐徐綻放 / 像林中的落葉 輕輕飄下 / 那種招呼 美如水聲 / 又微帶些風的怨嗔」，精練縝密的意象搭配優美舒緩的樂音，令人不禁遙想三千多年前洧水畔輕輕哼起的情詩，當也是如此纏綿曲折罷！

　　從詩經、樂府、唐詩、宋詞到元曲，即使是古典案頭詩人，習於吟罷低眉，書之筆端之餘，不時的吟唱詩篇遂成為創作者與閱讀者內心聲情與文字節奏相互奔湧的海洋，穿越時空，優游其間，足之、舞之、蹈之，在文字的閱讀與聲情的跌宕間自然感知。而今現代詩雖然解開了古典韻律

的腳鐐，卻依然默默傳承著古典詩的音樂性精神。只是若以現今書寫習慣剖析「現代詩」與「音樂」的結合，思維「詩」該如何與「歌詞」進行分野，試圖釐清「詩」與「歌」的親族關係與雅俗之分，不難聽見剪不斷理還亂的「聲音」。

　　身為創作詩的一員，不禁自問，對一個現代詩人而言，口中還會反覆吟唱著自己的作品，感知其間的音樂性嗎？

　　一般人誤以為現代詩國度已脫離了「詩譜曲」或「曲填詞」的詩樂傳統，其實詩國度裡依然傳承著異於散文的意象與內在音樂性，此兩者成就現代詩創作內容的關鍵。尤其閱讀一些現代詩人的作品，不自覺的口中念念有詞，還為之歌之舞之蹈之，可以隨時和詩人帶著詩走出書本，一如三千多年前的詩經歌者，或站在自己生命的舞臺上、回到河邊或是走入屍骸片野的古戰場，和古今民眾一起吟詩放歌。是同樣在意語言節奏與聲情之美的詞曲創作者和詩人們，讓我們瞭解，「詩歌同源」的意義在於不時可見瞻望彼此「聲情之美」，而好奇探頭哼唱的聲音。

　　然而剖析詩與歌的界限，除了方便一個文學系教授思考選入教科書的究竟是不是「詩」，或是一個音樂人思考如何獲得更多閱聽人共鳴之外，所謂現代詩的聲情之美真正該在意的不是當今跨界的熱潮，而是可否還有三千年前臨河徘徊，詩歌吟詠的流風遺韻呢？

　　詩人向陽曾言：「因為曲和歌的傳揚，而產生了異乎紙本詩作的新的生命。跨界的喜悅、喜樂，在這樣的合作中更是快慰。」當我們輕聲哼唱著古典音樂家石青如譜曲，詩人向陽創作的〈世界恬靜落來的時〉，內心情感的流淌與悠揚的音符相互對話，亦與詩經、離騷、樂府的淒楚遙相唱和，內心自然呈現一片靜美的詩樂世界，久久不能自己：

世界恬靜落來的時　　向陽

世界恬靜落來的時
就是思念出聲的時
窗仔外的風陣陣地嚎
天頂的星閃閃啊熾
世界恬靜落來的時
我置醒過來的暗暝想起著你

我置睏未去的暗暝想著你
想起咱牽手行過的小路
　　火金姑舉燈照過的田垺
　　竹林、茫霧和山埔
猶有輕聲細說的溪水
世界恬靜落來的時

　　詩人以詩的聲情讓我們瞭解，原來這世界的喧囂不見得來自世界本身，當內心安靜下來，這世界也就輕聲細語多了。而音樂家石青如以不同樂章的譜寫，呈現「世界恬靜落來的時」的舒緩內斂，以音符與節奏詮釋「思念」在全詩中的不同層次，將詩人幽微的情思推向另一層無涯的時空境界。

　　對詩人而言，「是否書寫適合譜曲的詩句」並非最初創作時考慮的要素，企圖以「音樂結合詩」來加強詩的傳播性，向來亦非詩人創作的主要目的，如此「異音相從」的「和諧」而非「同聲相應」的「同韻」，以各自的藝術形式詮釋各自的感受，詩樂創作領域雖有重疊，對話的目的皆不以「消滅」對方以壯大自己為目的，而是顯現各自擅長的表意符號，在許

多詩人作品中結合的尤其成功。當我們吟唱著詩人節奏有致的詩作時，讀者已不再只是讓眼睛享受閱讀的樂趣，而是藉著吟誦歌唱，盡情沉浸於現代詩與音樂相互共鳴的聲情之美。不管將來現代詩如何與流行音樂合作，或是詩人是否為流行音樂填詞，現代詩人與音樂家合作的佳曲在在都顯現「詩與音樂」的美好記憶。

　　每位閱讀者的閱讀興趣與需求畢竟各異，一如《詩經》三百篇、古樂府詩或是余光中的〈鄉愁四韻〉，即使我們喜愛一些作品已數千年，亦無涉於我們繼續喜愛夏宇、徐志摩。相信對每一個參與詩樂跨界的音樂人而言，一場場詩樂如同冒險，沉迷在詩譜曲打破框架的創作方式，對音樂人來說是充滿新鮮挑戰而樂此不疲的，這過程一如詩人與音樂人在互相試探，互相尋找讀懂自己心靈的另一半，是一趟渴望被瞭解的自我追尋之旅。不只是音樂人希望藉著詩樂跨界的活動發掘嶄新的表現形式與內涵，詩人亦是希望能藉著音樂的渲染力與聽覺直覺性，讓更多人喜愛詩譜曲的現代曲風，與發現詩充滿歧義性與音樂性的有趣辯證關係，不要再讓詩成為不食人間煙火的象牙塔，而是記錄生活與歷史的真切軌跡。

　　然身為詩人與音樂人，是否能真正聆聽現代詩作品的「內在音樂性」與「外在音樂性」，思考其在音樂節奏上的發展空間與歧義性之豐富呢？詩樂只要一直進行「跨界性」書寫，不管將現代詩與流行音樂合作，或是請詩人為流行音樂填詞，在在都顯現「詩的創意空間」的無限性與侷限性的辯證關係。

第二章

廣播節目製播心法

用聲音發揮影響力

——張敬

一、當現代詩遇上廣播

大眾傳播（Mass Communication）是將訊息廣為傳播給大眾的行為。而廣播是極具特色的大眾傳播媒介，除了傳遞資訊之外，更能創造感覺，同時非常適合製播輕、薄、短、小的內容，可以是現代詩廣為流傳的絕佳平臺。因此，現代詩除了透過傳統的出版模式，亦可藉由廣播無遠弗屆的傳播力，在廣播人聲的引導下，讓聽眾瞭解：詩，並非只是文人的語言藝術，它也可以很親民、很大眾化；詩，並不是艱澀難懂的意象堆砌，它不但是文字的藝術，更可以深入一般人的心底！

現代詩與廣播的結合，在實務上必須經過節目化的設計包裝，創造出詩的親近性，將文字轉化為具有可聽性的聽覺呈現。為實現上述的想法與目標，我們嘗試以詩人、音樂人、廣播人的跨界合作，將詩、歌、人聲結合為充滿聽覺美感的《詩‧歌‧人聲》單元節目，透過廣播告訴廣大的聽眾：詩，可以是歌，也可以是你我的人生！此舉也獲得2016年第五十一屆廣播金鐘獎單元節目獎的肯定，成為將文學深化廣播的典範。

圖2-1　詩人、音樂人、廣播人的共同創作，成為跨界合作的典範。攝者／林伯育

二、廣播節目製播的第一步

㈠ 認識聲音三元素：人聲、音樂、音效

要運用廣播發揮大眾傳播效果，得先對廣播有更深入的瞭解。廣播是所有的有聲媒體最早的起源，只有聲音的呈現，沒有畫面輔助。因此，在創作聲音作品廣為傳播之前，需要對聲音有更進一步的認識。簡單來說，聲音在廣播的呈現可區分歸類為三種基本類型：人聲、音樂、音效。

1. 人聲的主要功能：資訊的傳遞、感覺的營造。

2. 音樂、音效的主要功能：跟隨、陪襯、烘托。

如果在節目中，只有主持人滔滔不絕從頭講到尾，將顯得單調枯燥；如果只有音樂串接播放，將淪為音樂欣賞，沒有人性交流的溫度。若能妥善編排搭配，善用音樂、音效輔助人聲，將可有效增加可聽性，達成輔助說明、區隔段落、情境塑造、強化感受、情緒暗示、製造亮點、加強效果、創造聽覺層次、舒緩聽覺疲乏……等等作用，讓廣播發出更迷人的聲音。

㈡ 瞭解廣播特性與製播程序

廣播由於只透過聲音傳遞內容，因此產生了某些專屬的特性，能否掌握這些特性也就決定了一個節目是否能在廣播這個媒體平臺上發揮最大的效果。相較於其他傳統媒體，廣播主要的媒體特性有：陪伴性高、距離感低、取得容易、獨占性低、即時性強、機動性高、主控性大、稍縱即逝、想像空間大……等等。節目企劃時務必掌握並發揮媒體特性，才能充分展現廣播的特色吸引收聽。

在對聲音呈現及廣播特性有更深一層的認識之後，接下來就可以開始

嘗試著手籌劃製播一個廣播節目了。預錄型態的節目主要包含三個製作程序：

1. 前製：構想、企劃、執行、溝通、連繫、撰稿等。
2. 錄製：主持人、受訪者、演員、配音員、歌手等各種人聲的錄音。
3. 後製：剪輯、配樂、混音、輸出。

　　只要依據文中所述的程序及方法按部就班執行，要做出一個節目並不難，難的是要如何才能做出一個讓人「想聽」的節目。

三、如何打造極具特色的節目企劃

㈠ 企劃書不是用寫的

　　節目企劃書對於節目製播來說，就如同房屋建築所需要的設計藍圖，是前製、錄製與後製時的重要依據。許多人往往忽略企劃的重要性，沒有經過太多思考就立馬悶著頭撰寫主持稿。甚至也有人存在著誤解，以為只要會說話就可以當主持人，開麥想說什麼就說什麼。這也經常是導致節目可聽性價值不高的主要原因。

　　有好的企劃才有好的節目，在動筆撰寫企劃之前先來瞭解廣播節目企劃書需要撰寫的項目：

1. 節目名稱
2. 播出電臺
3. 目標聽眾
4. 節目型態
5. 播出時間
6. 節目長度

7.節目製作／主持人

8.使用語言

9.節目宗旨

10.節目構想與設計

11.節目規劃

12.節目內容

13.DEMO介紹

14.預期成效與評估

15.節目預算及來源

16.後記

　　附錄：每季主題規劃、每集節目介紹、節目稿（腳本）、製作人及主持人專業背景介紹、相關照片、媒體報導、參考資料等

　　在填入以上這些項目的文字內容時，製作單位必須先經過非常縝密的思考與討論。所以與其說是在「寫」企劃，不如說是在「想」企劃！如果製作團隊沒有完整周延的構想、沒有聚焦的核心概念、沒有別具新意的創意，那麼即使文筆再好也無法寫出滿足聽眾期待的企劃。因此，在撰寫企劃之前，思考討論、蒐集資訊、市場調查、分析歸納、瞭解目標對象、腦力激盪、擬定核心概念、決定呈現手法等等……這些「想」的事，比「寫」更形重要。在這裡我們可以得到一個結論：先有完整構想才能進入企劃書撰寫的階段。

㈡ 節目誕生的源頭：核心概念

　　一個好節目的誕生，往往是為了實踐某種理念或目標。為什麼要做這個節目？有什麼理念想法？目標設定是什麼？想得到什麼預期效果？想發揮什麼樣的影響力？藉由諸如這些問題的思考可以得到許多「概念」，而

後再經過聚焦找到節目的「核心概念」。而核心概念就如同一個節目的靈魂，沒有靈魂的節目是難以發揮感染力打動聽眾的。以《詩‧歌‧人聲》為例，就是因為具有明確的核心概念，使得這個節目感動許多愛好詩樂的聽眾，也打動了金鐘獎的評審。

我們可以藉由《詩‧歌‧人聲》的發想來瞭解如何聚焦核心概念：

校園民歌已走過四十個年頭，至今依然成為臺灣社會共同的記憶。但是我們不禁要問，「民歌40之後，屬於我們的歌在哪裡？」繼民歌四十年之後，我們試圖推廣「新世紀民歌」，一種純粹的詩與純粹的音樂相融對話，既具有詩特有的音樂性，又具樂曲令人神往的節奏感！

古詩中有「歌詩」，新詩中為何不能有？中國古詩是語言的藝術，可吟可唱，而新詩也是語言的藝術，為何就不可入樂歌唱？

以這些概念為基礎，《詩‧歌‧人聲》發想於「詩樂不分」的古詩傳統，若能整合詩、樂、廣播跨界的的資源，投入新世紀詩樂的推廣工作，將美麗的詩句化為人聲、音符，在空中讀詩、說詩、唱詩，透過廣播無遠弗屆的力量深植人心，將使得詩樂教育、推廣的功能更形完整，能讓更多人願意接觸現代詩，甚至發現自己也可以感受詩、創作詩。

於是我們聚焦了核心概念：「詩，可以是歌，也可以是你我的人生！」基於這樣的理念與目標，詩找到了歌，詩與歌結伴找到了人聲，《詩‧歌‧人聲》才得以在廣播的天空獲得實踐。

㈢ 節目構想與設計：把你「想說」的變成聽眾「想聽」的

在「想」出明確的核心概念之後，接下來依然是「想」的動作。這個階段要想的就是更具體的節目構想了。要如何設計、呈現節目？在此刻我們必須決定節目中的每個細節，把你「想說」的變成聽眾「想聽」的！而這個能力需要透過實務經驗不斷累積經驗值，節目設計的敏感度才會越來

越犀利。可思考的重點項目提示如下：

1. WHERE：頻道特性、電臺屬性
2. WHEN：播出時段的特性
3. WANT：目的與預期目標
4. WHO：瞭解並發揮主持人的特質
5. TO WHOM：目標對象的特質與期待
6. WHAT：節目類型與節目題材
7. HOW MUCH：集數與長度
8. HOW TO DO：
   (1) 創意：如何吸引大眾收聽、具有新意的表現手法
   (2) 策略：如何達成設定之目標
   (3) 風格：歡樂、溫馨、詼諧、知性、感性、理性…
   (4) 形式：單口敘述、雙主持、劇化、訪談、外訪、與聽眾互動…
   (5) 段落編排與單元配置（注意流暢性與節奏感）
   (6) 音樂與人聲的比例（以感覺測試出最佳比例）
   (7) 片頭設計與襯樂選擇（必須吻合節目調性）
9. HAVE：所擁有的資源與執行的可行性
10. MARKETING：市場分析、市場區隔、社會脈動
11. SALES：商機評估
12. PROMOTION：計畫性的節目推廣
13. REVIEW：檢驗構想是否能達成預期目標

㈣ 有想法的節目才有特色

　　誠如前面所說的，要做出一個節目並不難，難的是要如何才能做出一個讓人想聽的節目。若能經過創意思考與設計，這些想法的落實將成為

節目特色。具有特色才能提高節目的可聽性，製作出聽眾想聽的節目。因此，在節目企劃完成時，也可就「節目是否具有特色」回頭來審視、檢驗企劃的價值。以《詩·歌·人聲》為例，因為企劃中蘊含許多經過設計的構想，使其產生吸引人的特色：

1. 整體設計：有聲導讀與詩樂創作的搭配，跳脫傳統文學推廣的模式，有其示範意義存在。以更貼近生活的歌謠與講唱形式呈現新詩的內涵，具有親近性，被接受度高。

2. 跨界意義：詩樂本是同家，看似創新，精神上實為回歸與整合。詩樂進入創新階段，除了詩人的題材改變之外，讀者接收的方式也在改變，透過非傳統古典美聲的編曲方式於廣播傳送，讓聽者自然開啟詩樂之門。

3. 文字導讀：由具有詩人身分的顧蕙倩撰寫，以深入淺出的文字，導讀看似模糊難懂的詩作，更透過問句去建立人們與作品間的省思與連結，讓聽眾能更感受到這些詩作「與你我有關」。

4. 音樂創作：由音樂人小實為每一首詩量身訂作歌曲，以不更動詩作本身字句為準則，以樂曲配合詩句，讓文字的力量更加鮮明。曲風有別於古典美聲，以樂團模式進行編曲，賦予每首詩不同的詮釋性與節奏感。

5. 主持旁白：由帶著溫暖嗓音的主持人張敬，以誠懇自然帶著詩意的語調敘述，建構詩句中看不見的「畫面」，帶領聽者感受詩人想傳達的意境、想法。並透過簡潔扼要、淺顯易懂的導讀，串接詩句、詩歌、人生感受三大區塊。

6. 片頭設計：片頭背景音樂由音樂人小實量身訂作，以無歌詞之「人聲哼唱」來帶出詩意。

7. 後製成音：在後製處理聲音效果時，善用COMPRESSOR動態壓縮技術，讓人聲的飽滿度提升，並將人聲在音場中的位置往前挪，產生帶領與貼近的感覺。

詩歌人聲

顧顧　　　　　小實　　　　　張敬

詩歌人聲

入圍感言：
詩人-顧顧、音樂人-小實、廣播人-張敬，三個專精於不同領域的人，因緣際會的跨界合作能激盪出什麼火花？其實一開始我們也不知道。因為執著、因為惺惺相惜、因為想要讓更多人聽見！詩找到了歌，歌找到了人聲，詩歌人聲找到了金鐘獎！啊～這就是人蔘啊～

評審評語：
結合現代詩人作家、音樂創作人、廣播人的作品與演繹，為跨界合作的典範。口白的聲音表現適切且有溫度，容易引領聽眾進入情境。其成音的質量很好，音質飽滿且一氣呵成，表現優異。

圖2-2　廣播金鐘獎單元節目獎入圍作品介紹 截圖／金鐘51官方APP

四、用聲音實現節目企劃的藍圖

㈠ 聲音的影響力

在只有聲音的廣播平臺上，擬好具有特色的節目企劃之後，接下來還需要藉由專業的人聲來精彩呈現。每個人都會唱歌，但並不是每一個會唱歌的人都能當歌手！同樣的道理，每個人都會說話，但要成為一個專業的節目主持人，得經過長時間的訓練與磨鍊。想擁有專業的人聲，得對人聲有更深入的瞭解與認知。

話人人會說，但要說得「悅」耳「動」聽並不是人人都會！聲音對人來說，是不可或缺的重要工具，它可以幫助我們溝通、交際並藉由聲音來表達各種情緒。而許多人更藉由好聲音來幫助自己的工作事業（例如，上臺簡報、業務提案、客戶服務、產品銷售等），更有人靠精湛的聲音表達，成為專業的聲音工作者（例如，主持人、主播、配音員、演員、網紅等）。

要如何才能比會說話更會說話？哈佛大學行為科學家研究數據指出，一個人說話對其他人產生的影響力，有百分之五十五來自「視覺化」的因素（例如，肢體動作，眼神、表情、姿勢或輔助的手勢等）；「聽覺化」的要素（例如，音色、音量、語速、語調與聲音表情等），佔了影響力的百分之三十八。而「說話內容」佔了剩下的百分之七影響力。這解釋了為什麼一句同樣的話，由不同的人講出來，效果與反應會完全不同。在口語傳播學的教學中也經常強調，在我們的表達過程中，肢體語言與聲音語言的影響力往往左右了我們說話的結果，這是我們在加強說話內容、說話術的同時，更需要去努力學習與訓練的。

在瞭解了這些之後會發現，一般大眾對於口才存在著很大的誤會。一般人認知的口才幾乎都僅限於口說語言，也就是內容的部份。但只著重

在內容或說話術，不代表就會有好的表達能力，在溝通上也不盡理想。完整的口才還必須包含聲音語言與肢體語言這二個絕對重要的要素。舉例來說，一個笑話或一個故事，沒有豐富的聲音表情與生動的肢體動作，笑果或效果勢必會大打折扣。

根據哈佛大學的研究：當人與人不是面對面溝通時，例如使用電話溝通時，聲音語言對他人產生的影響力更佔了75%以上的比重。而在廣播的平臺上，因為沒有可以被看見的視覺化因素，使得聲音的聽覺化因素更顯重要。這也說明了，為什麼同樣一首詩由不同的人來朗讀，帶給人的感受與感動會全然不同。因此，專業的聲音工作者，更需要具備透過聲音精準詮釋說話內容的能力。換個角度來說，我們可以透過對聲音技巧的掌握，為我們的語言內容化妝打扮，使其更具說服力、感動力。

㈡ 人聲表演藝術

人與人之間的口語傳播行為必須透過口說語言、聲態語言、肢體語言三種途徑傳遞訊息，這些訊息或多或少都含有表演的成份。在金氏世界紀錄中「全世界最偉大的推銷員」喬·紀拉德曾經在他的著作《沒有不可能的推銷法》中提到：「業務人員就是演員」，也就是說：推銷就是表演。

同理，在一般人生活、工作中的表達，也經常含有表演成分，這樣的表達也就順勢變化為一種表演形式。而主持人在廣播平臺的「演出」，也可視為是一種表演的形態。當有了這樣的認知之後再來重新理解廣播，就能清楚分辨出在廣播平臺上「說話」與在廣播平臺上「表演」，是完全不同的層次。廣播這個大眾傳播媒介提供了人聲表演的舞臺，而廣播中的人聲演出更是表演藝術中專業的一門學問。

㈢ 人聲練功心法

人聲要在廣播的平臺上表演，需要接受哪些訓練呢？「臺上一分鐘，臺下十年功」的道理眾所皆知不必贅述。在這裡只需要強調，用對的方法並持之以恆地花時間練功是絕對必要的。

大家一定都曾聽過人聲表演藝術中，廣為流傳的八字訣：輕、重、急、緩、抑、揚、頓、挫。實際上，聲音的知識與功夫用八萬字也無法完整敘述。但功夫是練出來的，只要朝對的方向前進，在努力的路上總會有所收穫。

聲音的形成是發聲器官協調工作產生的生理現象，是結合氣息運動和聲帶振動所形成的物理現象。聲音的發聲器官是由呼吸器官、發音器官、共鳴器官和咬字器官四個部分組成，是發聲運動中的主要功能系統。利用發聲動作發出聲音，使得我們可以藉由說話、唱歌、哭笑…等等，來表達我們的情感和思想。而在瞭解人是如何發出聲音之後，便可以正式跨出人聲表演訓練的第一步，開始學習掌握控制自己的人聲。

人聲三溫暖：暖聲、暖身、暖心

1. 暖聲

第一式：有如游泳前必須先熱身一般，在人聲表演前，我們得先幫嗓子做柔軟操，讓聲音放開，調整至最佳狀態，同時避免聲帶因為不當使用而受傷。職業歌手經常以唱「嘟」這個嘴型來暖聲，先將嘴唇放鬆，以下腹部的力量為支撐，吐氣快速震動嘴唇，將你的音域由最低唱到最高再唱到最低，一口氣唱完，並多次反覆練習來暖嗓。另外，也可以將兩腿張開，身體向下彎的同時發出「啊」的長音。二種方式都是有助於快速完成開嗓的暖聲動作！

第二式：在開嗓之後，可以接著練習加強聲音的力道。先放鬆身體發出「啊」的聲音，接著發揮一點想像力，將原來聲音鬆散向外四散的「啊」，以下腹部的力量使其向前集中、凝聚，此時無形的聲音好似被壓縮出空氣柱的形狀，變得有形、有力。熟悉這樣的發聲方式之後，將模式套用在說話上，可使說話的聲音更有能量，展現出聲音表演所需的力道。

第三式：聲音的四個發聲器官包含發音器官、咬字器官，但發音咬字這部份在暖聲時卻經常被忽略。在人聲表演前，舌頭與嘴型、臉部肌肉也必須適度做操伸展。將嘴巴反覆徹底張合拉開，接著將舌頭上下左右前後及繞圈運動，重複多次伸展，有助於發音咬字更加完整、圓潤、清晰。

2.暖身

從事人聲表演除了暖聲，更需要暖身！一般人以為說話只要靠嘴巴，但如果想要擁有更具感染力的聲音，則必須用整個身體來說話。更何況當身體偷懶，把發聲的工作不負責任地都推給嘴巴時，會使得聲帶負擔太重而過勞，發出的聲音也會偏向較為乾扁的喉音。反之，當身體啟動全身動能幫助發聲，相對的也就減輕了聲帶的負擔，所發出的聲音也會較為明亮、清爽、有魅力。

尤其對於自信不足、容易害羞、矜持、自我意識較強的人來說，更需要暖身的動作。先做一些最基本的肢體伸展，可以讓平時多處於半沉睡狀態的細胞甦醒，同時也能藉由身體的動能幫助我們將心理的限制解開！「放不開」是口語表達的最大敵人，即使擁有很好的聲音表情，一旦放不開就無法發揮有效的感染力。因此，解放聲音的能量是人聲表演的初學者必須先設法突破的重要課題。

想像我們在高山上對著遠方另一座高山，身體前傾做出大喊的動作用力吶喊，若能以這樣的狀態匯聚整個身體的能量，以盡情、自由、奔放

的精神來說話，這樣的態度就連遠方的山頭都會感動而給予回音。但即便有了這樣的認知，許多人還是無法跨越那道巨大的心理障礙將聲音解放出來，尤其是面對人群或進到錄音室時。要知道的是，這種心理限制不論用什麼方法來協助解放，最後都一定還是得經過你本人的同意。也就是說要不要解放你的聲音能量其實是由你來決定的。請相信自己，你要，你就一定可以！

當你同意也願意嘗試解放自己的聲音和情感時，可以透過高分貝吶喊與肢體動作的輔助，藉由音量帶出能量，幫助自己找到打開心理限制的勇氣之鑰。讓身體的能量釋放出來，聲音的情感也得以隨之盡情揮灑。在確實抓到那樣自在放聲說話的感覺之後，人聲表演的功力會瞬間精進猶如打通任督二脈。不論說話的音量是大聲還是小聲，都一樣都能讓聲音具有迷人的感染力，甚至進一步因為放聲說話得到的絕佳回饋，產生正向循環而大幅提升表演慾及自信。

3. 暖心

在暖聲與暖身之後，廣播平臺的人聲演出還需要暖心。用「心」與看不見的聽眾達成連線，抓住與「人」說話的感覺，才能讓人聲有溫度，不再冰冷、生硬、沒感情。

舉例來說，大家對於朗讀並不陌生，朗讀經常會出現二種人聲表演的問題。一種是類似唸課文不帶感情，猶如網路語音翻譯般難以入耳。一種是類似現代國語文競賽中，沒有與時俱進順應時代潮流，過度矯情誇大不自然的表演方式，這種怪腔怪調經常被戲稱像是古人或外星人說話（因為在現代沒有正常人會以那樣的怪腔調交談）。而這二種問題不約而同都是來自於不是用「心」在與人交流，即使聽的人明明就在面前，卻感受不到他在跟人說話的誠意。在大眾傳播媒介中，由於看不見受眾，這種無

「心」的錯誤，更容易發生而造成溝通障礙。

　　廣播主持人不是念稿的機器，從來不是對著麥克風自言自語，而是以人聲透過麥克風與聽眾連結、交流。因此，主持人在傳遞訊息時必須開啓感覺的能力，用「心」與每一位看不見的聽眾連線，抓住跟「人」說話的感覺，才能避免成爲自我感覺良好的單向傳播，在你說他聽的「交流」中溝通無礙，順利擄獲聽眾的心。如果你不是在跟他（人）說話，爲什麼他要聽你說呢？

　　因此，主持人必須具備我看不見你，你看不見我，但我們卻能感覺得到彼此的能力。培養這項能力就得練習找回有人性的說話方式。在廣播的模擬練習中，可以請朋友協助，在說話時握住他的手（用手連線），並不時看著他的眼睛和反應，讓自己明確意識到正在跟人說話這件事，用眼神與表情展現與之交流的誠意，這時你會發現你的聲音很有溫度、很有人性！讓身體記憶這樣的感覺之後，請鬆開對方的手（斷線），閉上眼睛改以用「心」連線，想像眼前有許多眞實的他（聽眾）正在聽你說話，而且達成連線穩定不中斷的目標。而在經過足量的練習之後，感覺得到對方的能力將會漸漸內化，廣播的人聲表演也就具有人性化的特性，讓說話帶有感情了。

　　不過除了掌握用「心」跟人說話的能力之外，主持人更需要培養感覺的創造力。因爲廣播的特性中具有高度的陪伴性，因此，廣播主持人不能只是淪爲資訊的傳遞者，更需要作爲一個感覺的創造者。透過你的聲音，創造各種的感覺，帶領聽眾去感受。人聲是一種表演「藝術」，所以創造力非常重要，不論你想要創造的感覺是喜、怒、哀、懼、愛、惡、欲……請記住，「有感」的廣播才會迷人。

圖2-3　用「心」打動聽眾、用「聲音」創造感覺的資深廣播人張敬。攝者／陳凱

人聲的四個影響力

1. 文本處理的影響

　　廣播表演時所採用的文本（主持稿／旁白稿／劇本／文字資料），必須經過口語化的處理。廣播只有聲音，沒有畫面或文字可輔助說明，必須要讓人隨意聽就能輕鬆懂。這時就得先自行改稿，以淺白、生活化、符合自己說話習慣的方式將內容口語化，並選擇適當的斷句，讓語句變得自然，也可自行添加語氣以增加情緒。主持人絕不能只是發聲的機器照本宣科、逐字照念，因為沒有人喜歡聽沒有感情的機器人說話。

除了對於主持的文本必須充分熟讀、理解之外，還必須找出最適合的聲音來詮釋。比方說：現代詩適合用什麼樣的聲音呈現？各個主題、角色適用哪一種聲音演出？思考後才能以所能掌握的聲音技巧，創造出最適合每次演出的人聲。

　　在文本中，人聲表演者還得考量到角色個性與情境場景的設定。我們可以在平時培養觀察力，透過觀察來彌補有限的生活經驗，判斷文本中的人物或作者的個性特質，劇情或作品希望傳達什麼樣的意涵與感受。透過分析、理解、同理心，感覺他的感覺，融入在文本中所該扮演的角色為他代言。

　　至於情境場景的部份，比方說故事會有場景、現代詩會有意境、流行音樂會有時代背景，這時主持人必須具備透過想像走入情境的能力，在說的同時，腦海中若能浮現情境中的畫面，聲音順著所在場景的感受而變化，人聲才能栩栩如生創造出，說了與沒說的畫面感，帶給聽眾想像空間，使其身歷其境。而音樂與音效也是營造場景、氛圍的重要工具，在音樂揚起時，讓人聲隨著音樂起舞，更能帶領聽眾去感受人物的心境與體驗文本中的情境，讓聽覺感受濃度倍增。

　　以詩人顧蕙倩所寫的詩〈想飛〉為例：

隨你　穿過荒原
你的腳尖劃出了天的弧線
輕盈草間
我們的窩居
你說你
想飛

遠方
棲居的島嶼
荒原深處　那月光
映照著你的雙眼
我聽見海潮
風
穿過林間
你想說的　　此刻
我都聽見

　　在這首不到80字的詩中就出現了多達六個場景，荒原、天空、輕盈草間的窩居、遠方棲居的島嶼、有月光的荒原深處、海潮聲與風聲穿過的樹林，因此，以人聲帶領聽眾身歷其境的重要性不言而喻。若無法融入情境，經由想像創造出具有畫面感的人聲，就無法帶領聽眾穿越時空，在聽覺上就會像是在同一場景原地打轉了。

　　文本中，詩人透過文字傳遞思念。這是一種什麼樣的思念之情？在導讀中我們可以知道，傳達的是對弟弟的思念，和對愛人的思念不同。這是一種遙遠的思念，和短距離的思念或天人永隔的思念不同。要如何用人聲來詮釋這樣的思念？當我們越能體會作者的感受，就越能以人聲為他代言，傳達到位的情感。

2. 發音咬字的影響

　　正確的發音咬字，可以帶給聽眾較佳的清晰度、專業度、可信賴度。尤其在以文學作品為題材的廣播節目中更應注意。雖然現代的廣播講求自然，不一定非得要字正腔圓，但發音最基本的正確性還是要有的。

發音及咬字是受成長環境、生活環境、工作環境中所接觸的人影響，長期不自覺的互相模仿而養成的一種說話習慣。不過既然是一種習慣，也就是說它是可以被改變的！要改變習慣需要的是決心與毅力。許多研究顯示，只要有決心，一個習慣的養成或改變，只需要不超過30天。

　　發音咬字的壞習慣很多，比方說有很多人習慣讓嘴巴偷懶，懶得張大嘴巴說話，發出來的聲音就容易含糊不清，讓聽眾聽得很吃力。若能要求自己說話時養成習慣，嘴型張大、張合徹底，聲音就會清晰明確、易於接收，而且因為嘴型放大所帶動的口腔共鳴也會讓音色更加圓潤飽滿。

　　另一種常見的壞習慣是講話又急又快。急驚風式的說話方式，肯定要縮小嘴型，語速才會加快，並且會經常性的吃字，也就是說字詞黏在一起，某些音被自動省略刪減了，比方說「就這樣」被吃字後變成「就醬」；「大家」被吃字後變成「答啊」。吃字的壞習慣對聽的人來說也會造成訊息接收的困難。而且，因為快、因為急，呼吸和斷句就容易紊亂，情節嚴重的就會出現"喘"的聲音。聽這樣的人說話很累、很不舒服。若能改變習慣，不急不徐，試著說清楚、講明白，在該斷句的地方斷句、停頓，在最舒適、自在的時間點換氣，就可以給人乾淨俐落、清爽舒服的聽覺感。

　　至於發音不準的問題一樣也是種習慣。不準的發音有時能帶給人親切感，不過對於廣播主持人來說，正音還是得練的，不論是國語正音還是臺語正音都一樣，標準的發音能營造出較佳的專業感。我們得先找出自己平時說話，哪些音有習慣性走音的情況並改正之。而練正音就如同蹲馬步，蹲就對了！其實正音是所有聲音技巧中最容易練成的，沒有什麼高難度的訣竅，只要不斷的練習就能養成發音正確的好習慣。

　　由於發音咬字是一種透過模仿而養成的習慣，因此，我們也可以利用模仿的方式來改變它。找一個你喜歡、欣賞的主持人或表演人做為典範，

直接模仿他說話的方式成為自己的新習慣，也是種快速有效的學習方式。

3.呼吸共鳴的影響

人所發出來的聲音品質，主要決定於聲帶黏膜振動所產生的聲波。聲帶在高速振動中不可避免的有許多受傷的機會，因此平常在使用聲帶時就要隨時注意不要對喉部產生用力擠壓的動作，以聲帶最不緊張的方式下產生振動，避免聲帶組織損傷。我們說話時通常用咽喉控制呼吸，如果用咽喉控制呼吸，咽喉附近控制聲帶的肌肉很快就會疲勞。如果再加上使用的聲量強度太強、時間長度太長，那麼聲音沙啞、聲帶長繭等等的問題就可能會伴你一生（聲）。

愛它就不要傷害它！而掌握腹式發聲的要領，可以說是愛它的最佳具體表現。腹式呼吸是要運用橫隔膜控制呼吸，當我們深深吸氣時可將橫隔膜向下收縮，一方面讓肺部有更多空位儲氣，另一方面要訓練橫隔膜去控制「深吸慢呼」，使氣息緩慢而有力地呼出。這種「以氣帶聲」的發聲方式，可以大幅降低聲帶的負擔，同時產生更大共鳴，令聲音得以美化。尤其在現代詩朗讀時，若能善用腹式發聲所帶動的共鳴得到飽滿圓潤的聲音，更能詮釋現代詩的聽覺質感。在尾音的部份，以腹式發聲柔美的氣音表現，也可產生更多的感情及餘韻。

腹式發聲並不難，但需要一點領悟，通了也就會了。首先，必須想像氣在身體中流動，讓氣把聲音帶出！練習時要放鬆肩膀，先吸一口氣，然後用嘴巴緩慢吐出。吐完氣之後不立刻吸氣，等到迫切需要吸氣時，才再用嘴巴深吸一口氣，而吸這一口氣的要領就是腹式呼吸法吸氣的要領。在經過練習掌握要領之後，可以在慢慢吐氣時發出任意一個單音，熟練之後再進階發出字詞或句子。只要領悟「以氣帶聲」的發聲原理，也就可以立刻學會腹式發聲。

另外還有一種快速有效的學習方式，就是先學會以腹式發聲的方式唱歌，再將這樣的發聲方式直接套用於說話這個發聲行為。這也不失為一個好辦法，但同樣需要一點領悟力。

4. 聲音表情的影響

　　精確、豐富、多變的聲音表情，可以讓聲音更迷人、更具吸引力。聲音表情就像是在為我們的口說語言化妝打扮。在生活中自然遭遇的情境下，我們的聲音表情通常都可以自然反應出來，但在人聲表演時，因為並非處於實際發生的情境下，使得演出時聲音表情不精準、不到位的問題經常出現。

　　人有七情六慾，所以才會有喜有怒，因憂成懼，由愛生惡……只要是人就會有這些情慾的需要，各種情慾此起彼落，構成各種的感覺。人的感覺非常複雜多樣，像是：充滿喜悅的、滿足的、快樂的、鬆了一口氣、困擾的、無聊的、沾沾自喜的、得意的、有趣的、興奮的、心花怒放的、令人鼓舞的、有希望的、高興的、值得感激的、幸福的、精神奕奕的、自在的、寂寞的、焦慮的、充滿歉意的、害羞的、不同意的、不相信的、震驚的、痛苦的、罪惡的、懷疑的、漠不關心的、失望的、激怒的、精疲力竭的、悲傷的、嫉妒的、羨慕的、愁眉苦臉的、尷尬的……等等，而聲音表情所要練習的就是不論在有沒有實際情境之下，都能精準的呈現出各式各樣的情感。

　　在吳育如的詩〈藍〉當中，小詩人以「藍色」描繪出內心各種心情，訴說著藍色心情的各種「色票」：

　　藍色是阿凡達，是天空
　　是在我心裡流淌沸騰的血液

是幸福的青鳥
是媽媽寂寞的身影
是愛上人的一瞬間
是
世界和平

　　詩作中包含了：自由熱血的、幸福的、憂鬱寂寞的、和平包容的五種情感。作者勇敢又帥氣地連續運用了五個譬喻法裡的「隱喻」，各種感覺的快速起落變換，對於聲音表演者來說是一大挑戰。

　　為應付以聲音表現各種感覺的挑戰，人聲表演者或聲音演員可以透過演練來加強對於聲音表情的掌握能力。首先，依據所設定的人物個性、互動對象、情境狀況、時空背景、外在環境……等等變數，做出聲音表情的適當判斷。再透過個人生活經驗的連結，以角色扮演的方式確定應表現或想表現的感覺，並以同理心去深刻感受。當身體溢滿這種純粹的感受時，再以臉部表情與肢體動作表現出所抓到的感受。如此就能對單一感覺更加感同身受。當我們經過大量的演練，熟悉並能熟練的表現出各種感覺後，你會發現這些感覺已被記憶在各個聲音臉譜上。當表演需要呈現某些感覺時，只要做出臉部表情，這些聲音臉譜就能快速喚起身體的記憶，告訴大腦你要什麼感覺，快速帶動聲音表情並且精準演出！

五、將文學深化廣播

　　結合有想法的企劃與有感覺的人聲表演，廣播就可以成為現代詩（文學）廣為傳播的利器。同時，現代詩（文學）也能深化廣播，讓一般大眾可以領略詩與文學之美。《詩‧歌‧人聲》的跨界合作已成為將文學

深化廣播的典範，期望能藉此播下跨界藝術的希望種子，讓更多人發現文學所能帶來的創新與可能。

圖2-4　資深廣播節目主持人張敬 曾榮獲十座廣播金鐘獎。攝者／唐妮

第三章

音樂製作心法

關於詩譜曲這件事

詩與樂，在現今看來似乎是毫不相干的兩件事，詩，像是被遺忘在課本裡死亡的文字，像是考卷上選擇題出現的選項；樂，像是偶像明星麥克風裡唱出來的幻夢，像是KTV歡唱裡無需動腦的發聲練習。詩與樂過著完全不同的生活，但你知道嗎？他們早在《詩經》的時代，就同源同生了，當時的人民扛著鋤頭、在溪邊洗衣的時候，所歌所唱，就是生活的詩，生活的歌，究竟他們是從何時被分割了？胡適的《蘭花草》，一直到民歌時代倡導「唱自己的歌」，裡頭依然不時可以看見許多詩的蹤跡，像是作家三毛的〈夢田〉、徐志摩的〈偶然〉、〈再別康橋〉，更有一代宗師李泰祥致力於將詩融入於古典音樂之中，直到李宗盛的出現，歌曲出現了新的形式與可能，簡單的和弦、簡單的曲式段落，已不再被音樂人滿足，普遍開始發展的錄音技術、音效音色，將音樂的模樣推到另一個發展段落，音樂不再是人手一把吉他的哼哼唱唱，成為錄音室裡經過設計與計算的精密工程。

　　詩在哪裡呢？一不小心，它從平易近人的生活記事，成為艱深的考題，成為好幾份專題研究的論文主題，就是這麼不小心，音樂越來越大眾，詩越來越學術，兩者產生了鴻溝，對大眾談詩時，大眾都覺得「我看不懂也讀不通」；對詩學者聊到流行音樂，他可能認為那只是靡靡之音，不足談論。

　　幸運的是，在這個時代，詩與樂的再融合漸漸引起雙方的興趣了，除了政府倡導跨界藝術之外，文創精神與資源整合的氛圍，讓許多音樂人開始對詩感到親近，於是有了黃韻玲與向陽老師、陳珊妮與駱以軍、許哲珮與任明信、吳志寧與吳晟的詩樂連結，音樂文學的花火將要更加綻放。而我所在的小老鷹樂團，就像是站在巨人的肩膀上，看見詩與樂將會有機會成為全民運動，他們不再是讓人聞之喪膽的呆板存在，可以是很潮的，可以是很好玩的，於是小老鷹先是與詩人顧蕙倩老師共同製作首張獨立製作

的詩樂專輯《逆思》，用獨立樂團模式編曲，試著讓詩樂活出七年級以後的新樣貌，並與文化部共同完成《城市裡未聽完的詩》大型演唱會，這場演出除了顧蕙倩老師之外，詩的題材更加多元，與更多經典詩人同樂，如白萩、路寒袖、林沈默、羅智成、顏艾琳、陳黎、陳謙、葉莎，其中亦加入了一位花蓮小詩人吳育如的詩作，象徵詩的未來與傳承，其後，與知名廣播人張敬共同跨界合作的《詩歌人聲》，也很榮幸地得到第五十一屆廣播金鐘獎最佳單元節目獎的殊榮。這樣一路走來，我依然覺得自己在詩樂的懷抱裡如此渺小，本書裡的詩譜曲製作心法是為這段詩樂華麗冒險裡的小小分享，希望各位讀者可以因此燃起詩樂的火苗。

圖3-1　詩人顧蕙倩與小老鷹樂團的首張詩樂合作專輯《逆思》封面翻拍／林伯育

一、如何開啓音樂創作的第一步？音樂三元素：旋律、和聲、節奏

在分享詩譜曲個人愛用的訣竅前，還是先單純回頭檢視音樂創作的部分，我們先來定義「什麼是音樂創作」，可分為主流與非主流兩個方向：

1. **主流定義**：商業價值偏高，有計劃地設計歌曲段落（前奏、主歌、副歌、橋段、間奏、尾奏），音樂部分經過有意識的設計，能夠紀錄生活、傳達內心想法或理念的音樂作品，主題緊扣社會潮流與當下議題，包括當下最高討論度的人事物，或是當下最流行的口號與口語。像是大嘴巴的〈結果咧〉。

2. **非主流定義**：沒有商業取向，自然而然哼出或彈出的旋律線，吼叫，都是一種創作，在浴室裡的隨意片段哼唱，都可以算是一種創作。

二、音樂創作人的習慣與特質？

(一) 具有用片段的文字與旋律紀錄生活的習慣

靈感藏在身邊不經意發生的大小事，當你聽見路邊的小販阿婆叫賣的內容，當你腦中為了這段內容所閃過的旋律想像，都是一閃而逝的，若沒有隨身紀錄的習慣，很可能在下一秒就讓這些美好流失了。你知道嗎？韋禮安的經典歌曲〈慢慢等〉，就是在停等紅燈時的腦內創作。

圖3-2　小實的吉他與創作手札 攝者／林伯育

㈡ 對周圍大小事物具有敏銳觀察力

　　常常邋遢出場的好朋友，突然身穿潮牌、抓好頭髮的出現在教室裡，這時你就應該察覺到他本日的不同，進一步去猜想他為何會產生這種變化？很可能是因為放學後要去參加演唱會，很可能是等等要跟喜愛的對象約會，很可能是他剛剛被拉去別的系所當模特兒——還可以再進一步去猜，他參加什麼樂團的演唱會？他喜歡的對象是什麼類型的人？他為何會答應去當別人的髮型或服裝模特兒？敏銳的觀察力將延伸出無限的想像，如圖：

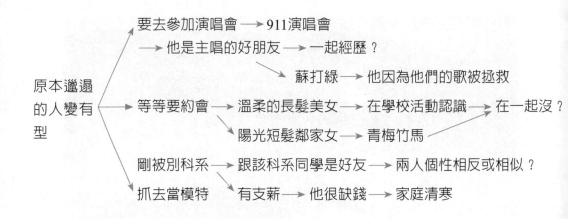

要去參加演唱會 ⟶ 911演唱會
⟶ 他是主唱的好朋友 ⟶ 一起經歷？
⟶ 蘇打綠 ⟶ 他因為他們的歌被拯救
原本邋遢 ⟨ 等等要約會 ⟶ 溫柔的長髮美女 ⟶ 在學校活動認識 ⟶ 在一起沒？
的人變有 陽光短髮鄰家女 ⟶ 青梅竹馬
型 剛被別科系 ⟶ 跟該科系同學是好友 ⟶ 兩人個性相反或相似？
抓去當模特 有支薪 ⟶ 他很缺錢 ⟶ 家庭清寒

　　由此可見，一個芝麻大小的事物，都可以引起一連串沒有答案的腦內幻想，而這些幻想都可以是寫歌創作的靈感來源，事實究竟是如何？我們是完全不需去在意的。

㈢ 具有聽音樂的習慣

　　喜歡的歌、討厭的歌，都必須去接觸，我們的作品不需具備所有樂風，但必須打開耳朵去聽音樂，才能從中得到養份。

圖3-3　小實現為大千電臺音樂廣播節目DJ，這個身分必須大量聆聽歌曲 攝者／林伯育

㈣ 對於最新的主流動向有所察覺

　　除了你的小房間之外，這個世界正發生什麼事？能夠讓創作與這個世界結合，創作就能與更多人有所共鳴，也更有正向的發聲意義。例如P!nk樂團的〈Dear Mr. President〉。

　　發表此歌時，正是布希總統任職的時刻，由於布希所倡導的軍事政策造成許多社會人士的質疑，也讓許多家庭因從軍而導致破碎，但這首歌詞一打開，事實上可以涵蓋的範圍很廣，尤其「總統」是個廣泛的概念，許多國家的人民都有自己的領導者，擁有這般同樣心情的人自然就多了。

㈤ 具有自己的想法與感受

　　音樂創作是說話與表達的一種方式，僅有陳述，卻不包括任何內心或與他人連結的關鍵，這個作品便會顯得空泛，此部分與寫作非常相像，寫山寫水，最終都會回到人。例如陳綺貞〈九份的咖啡店〉歌詞提到：

　　　這裡的景色像你　變幻莫測　這樣的午後　我坐在九份的
　　　馬路邊
　　　這裡的空氣　很新鮮　這裡的感覺　很特別
　　　仰望這片天空　遙記我對你的思念

可以將其整理爲下表：

事實陳述	人與感受
九份景色變幻莫測 午後主角坐在九份馬路邊 九份空氣很新鮮 主角仰望天空	景色像你變幻莫測 這裡的感覺很特別 望著天空，遙記主角對他人的思念

若減去所有人與感受的相關陳述，歌詞將變成：

這裡的景色　變幻莫測　這樣的午後　我坐在九份的　馬路邊
這裡的空氣　很新鮮
仰望這片天空

閱讀完後，你是不是只覺得：「嗯，然後呢？」

㈥ 具有學習樂器的渴望

雖然只用人聲哼出旋律也是創作的一種方式，這世界上不會樂器也不懂樂理的優秀音樂人也存在著，但具備實體樂器操作與理論能力，絕對會對創作有所加分。

三、音樂創作的方法？

我們有了以上的創作精神後，就進到音樂創作較為務實的創作方法區塊，可分為以下幾種方向：

㈠ 旋律線設計

旋律可分為幾種類型，分別為：

上行：音階由低往高處走，情緒爬升，外放

下行：音階由高往低處走，情緒收尾，內斂

平行：無起伏，同音階，這時節奏感就變得重要了，常見於饒舌與電音曲風，有時尚感。例如：Lady Gaga〈Poker Face〉

人在創作寫歌時，常會有自己慣用的旋律走勢而不自知，便常會寫出聽來類似的歌曲，若在動筆創作前先設計旋律的曲線，將有機會寫出與自己習慣不同的旋律走向，在靈感枯竭的時刻，是很好的嘗試方法。

㈡ 平時常作改編改寫的自我練習

所有即興的呈現，都是來自你日積月累所聽的歌曲，就像作家一般，透過大量閱讀，你便可以有更多字藻可供使用，有一種文類叫做同人文，意思就是在原作者建構的世界架構與人物角色下，寫出故事的外傳，而音樂創作也可以從這裡開始練習，你可以選定某首特定的歌曲，將節奏、旋律、和聲、樂器配置，做出不同的更換和編排，會發現作品就會有了新的樣貌，日前許多網路Youtuber透過Cover翻唱，重新編曲，也可以得到許多大眾的共鳴，但這個重製的過程依然有著法律灰色地帶，即使如此，作為平時練習，沒有營利的話，是有助提升自己的。

㈢ 設計特別的Groove，可以讓老套的和弦出現新意

音樂三要素看起來是三個項目，但在同一首歌裡，任何一個要素被更動，都會影響整首歌的面貌。

㈣ 寫出好記有亮點的副歌，新的旋律句子越少越容易被記住

一首容易被傳唱的歌曲，創作者必須要有所覺悟：「不是所有人都是歌王歌后」太艱深的旋律，就會讓大眾無法歌唱，若寫歌的目的在於傳唱度高的話，重複的旋律較能讓大眾容易記得，輕鬆演唱。

(五) 寫作習慣的轉換

寫歌進入瓶頸了嗎？試著轉換你的寫作習慣！如果平常習慣先譜曲，就試著先寫詞； 如果習慣在書房寫歌，就試著去海邊、去咖啡廳；如果習慣先想和弦，就試著先想旋律。

(六) 掌握歌曲的主題和畫面

進行一場演講的時候，一定要有主要訴求與口號，音樂創作也是一樣的，創作必須找到一個單一的主題，避免一首歌裝太多主題，會讓聽者感到混亂。而掌握歌曲的畫面是指，當我們在寫歌時，腦中並不是專注地思考旋律與譜記，而是畫面，更具體的說，可以是一張照片。

(七) 情緒的堆疊需經過設計

一首歌的進行，需要有層次感，如果一首歌曲從頭到尾的和弦都不變，那麼我們就必須想出其他部分的變化，否則這首歌無法讓聽眾願意聽完三分鐘，就像我們不會坐在沙發上，聽著電話鈴聲響三分鐘而毫無感覺一樣。情緒的堆疊並不在於歌者內心「真正的情緒」，有的歌者常常在被聽眾指控唱歌沒有感情時，感到納悶，會想著：

「有啊，我剛剛唱這首歌時想著過世的親人，唱到眼淚都要掉下來了，為什麼還會覺得我沒有情緒呢？」

真相是，你的情緒不在於自己的內心世界，而是能不能表現出來「讓別人感覺到」。有幾種聲音表情的做法可提供參考：

1. 咬字的力道：唇齒音是非常容易被歌者忽略的，有人唱歌和一般講話時沒有區別，就容易把「ㄡ」唸作「ㄛ」，整體不標準的咬字累積下來，會讓歌曲聽起來沒有精神，這是非常重要的一環。

2. 歌曲段落的力道安排：歌曲當中要如何選擇最激昂的部分？這就因人而

異，就叫詮釋，當你找出整首歌曲的情緒流動時，就要用演唱的力道去表現這些段落的起承轉合，以小老鷹樂團〈願意愛著你〉為例，我們將力道大的句子畫上底線，你也會發現，每首歌曲重複的次數約是二至三次，在這重複之中，不同的力道堆疊也是很重要的：

花瓣散落了一地　尋香氣　相信總會再見你
心若碎成了雨滴　濕衣襟　怎能為你拭淚滴
也許　我不是太晚看清　你溫柔背後的祕密　oh
小心　說話要輕聲細語　<u>在今夜別把燈捻熄</u>

<u>我想是我不聰明　喜歡傻傻看著你</u>
<u>希望時間會疼惜　我和你</u>
<u>飛蛾撲火的熱情　直到失去了呼吸</u>
<u>冰冷了臉還是願意</u>　愛著你

圖3-4　〈願意愛著你〉收錄於小老鷹樂團《仲夏之呱》專輯，美樂蒂唱片發行
　　　　封面翻拍／林伯育

在以上這麼多音樂創作的具體做法討論之後，我們可以做個小結：再怎麼寫，用什麼樣的方法，「好聽」最重要。而這當中是要讓別人覺得好聽，還是自己覺得好聽，就是創作前要先決定的事了。

四、如何進行詩譜曲？

在討論完音樂創作的部分後，我們就要將詩與樂結合了，開始討論詩譜曲，有幾個前提，在開始進到音樂編排前就要先弄清楚的：

1. **文字是主角**：當文字是主角的時候，我們將不會爲了讓字能融進曲子裡，而要求作家改字，這是對詩作者最大的尊重，作曲時一樣要跳脫流行作曲的格式，在這裡不再有主歌、副歌、橋段，也不要再去想ABABCB之類的曲式走向，專心閱讀文字，並且要唸出來感受文字原有的音韻。

2. **詩的顏色**：這首詩的情緒是什麼？這個問題，是詩者與作曲人要先定位好彼此角色才行，當作品交給作曲家時，你想指定他原作的想法和標準答案，還是選擇沈默不說，讓作曲人閱讀後二次創作自行決定顏色，這部分是自由討論的，沒有固定，如果拿到詩的同時，詩人就告訴你這首詩的情緒和用意，那麼作曲家的工作就很單純，用既定的音樂能力去詮釋喜怒哀樂即可；若這首詩交到作曲家手上時，詩人並沒有預先期待，那麼作曲家必須決定詩的情緒，是喜？怒？哀？樂？或是灰色地帶？你所感受到的情緒將影響譜曲後的不同樣貌，這種二次創作，有時會突破出原作者沒有意圖表達的觀點。

3. **詩的重點句**：一首詩的重點句在哪裡？你的選擇會影響歌曲重點力道的安排，我們以顧蕙倩老師的詩作〈囁嚅者〉爲例：

從一個人到一張椅子

從一張椅子

開始

和另一張椅子交談

一個人和另一個人的故事

一張椅子

複製每一張椅子

明日即將誕生的空無

光，或者影子

歡迎對號入座

你認為重點句是「從一張椅子／開始」，或「一個人和另一個人的故事」，或「一張椅子／複製每一張椅子」，或「光，或者影子／歡迎對號入座」，都是可以成立的，但你所決定的重點句若能精準打入人心，就能增加這首歌感動人心的機率，被選為重點句的句子，我們就可以用較有亮點的做法去思考音樂上的安排。

4. 斷句：「句讀之不知，惑之不解」這句話，可以很明確地點出這個項目的精神所在。我們說話時的斷句，會引起聽者不同的感覺，例如「天氣真的好好等等要不要一起去吃晚餐」可被斷句為：

⑴ 天氣，真的好好，等等要不要一起去吃晚餐？

⑵ 天氣真的……好、好，等等，要不要一起去吃晚餐？

⑶ 天氣真的好好，等等要不要一起去吃？晚餐。

⑷ 天氣真的好。好，等等要不要一起去？吃晚餐。

而斷句完後，句點換成驚嘆號，又可以增加不同情緒感受：

⑴ 天氣，真的好好！等等要不要一起去吃晚餐？

(2) 天氣眞的……好、好，等等！要不要一起去吃晚餐？

(3) 天氣眞的好好，等等要不要一起去吃？晚餐！

(4) 天氣眞的好！好，等等要不要一起去？吃晚餐！

　　覺得神奇嗎？唱歌也是一樣的，我們常常會有旋律停頓的時候，但要切記斷在「完整的句子」，才不會讓聽的人感到困惑，記得，聽歌時是沒有字幕的，聽覺變得格外重要。

　　當我們完成前置的決策與準備後，就可以開始從音樂的角度切入思考譜曲了，你可以思考的層面有：

1. **樂器配置**：樂器本身的音色，可以決定一半的歌曲畫面，回頭想想你所看過的電影，當電影要建構環境與世界時，他們選擇樂器的音色就非常重要，如果你拍的是太空電影，合成器的比重就會很高；中國古裝劇，古箏、二胡等等的國樂器就必須被使用；非洲電影，奔放的打擊樂器可以加分許多──因此，文字本身若是帶有中國宮廷的氣息，你就可以選擇國樂；若詩的主題是吸血鬼，你就可以選擇大鍵琴；若有法國風味，你可以選擇手風琴，當這些樂器選對了，有時連歌都還沒唱，演員都還沒出來，欣賞的人就已經進到你所建構的世界裡了。

2. **如何設計歌曲的情緒轉換**：決定好要表達的情緒種類後，你可以用先前我們提過的四種音階類型（上行、下行、平行、曲線跳動）去進行安排，激昂時，你可以使用上行；呢喃時，下行或是平行都是不錯的選擇。除了旋律上下之外，歌者的力道也是最直接的表達方式，樂器編制的多與少，也可讓人感受到情緒段落轉換的氛圍。

3. **演唱的輕重緩急與停頓點設計**：當所有樂器堆疊飽滿時，突然地停頓會變得格外有力道，有時創作不一定要填滿，一把吉他，一聲喘息，都可以構成意外的驚喜。

4. **和弦的色彩**：和弦的相關教學書籍已經太多太多，在這裡我們先從最明

顯的大調、小調來分割詩曲的世界，自然大調給人的普遍印象是明朗，小調給人的印象是餘韻猶存，但這些印象都是非常主觀的，我們皆從大眾普遍印象的角度去定義。當你感覺這首詩是戰爭意味濃厚時，小調會是較好的選擇，例如小紅莓樂團的歌曲〈Zombie〉；若是明亮快樂的詩作，大調會給人較舒服的感受，例如約翰丹佛（John Denver）的〈Take Me Home, Country Roads〉。和弦的種類，我們拉出流行樂最常見的幾種來討論：

和弦種類	組成音	樂譜寫法（以C為例）	大眾印象
大和弦（Major）	1　3　5	C	明亮，歡樂
小和弦（Minor）	1　3b　5	Cm	陰鬱，意猶未竟，好戰
大七和弦（Major 7th）	1　3　5　7	Cmaj7 或 CM7	浪漫，未知
屬七和弦（Dominant 7th）	1　3　5　7b	C7	藍調，微醺
小七和弦（Minor 7th）	1　3b　5　7b	Cm7	悲傷

不同的曲風就會使用不同的和弦來突顯色彩，讓和弦成為文字最華麗的外衣吧。

5.節奏類型的設定：流行音樂常用的節奏分類，我們將其整理為以下表格。

節奏名稱	英文名稱	特性	範例
靈魂樂	Soul	華語歌最常使用的節奏類型、直接	陳勢安〈天后〉光良〈童話〉
民謠搖滾	Folk Rock	輕快歌曲常用，亮	梁靜茹〈小手拉大手〉Taylor Swift〈You Belong With Me〉

節奏名稱	英文名稱	特性	範例
拖曳	Shuffle	配合藍調曲風一起使用更佳，慵懶，啤酒	B.B King〈Rock Me Baby〉 五月天〈我又初戀了〉 McFly〈It's All About You〉
華爾滋	Waltz	浪漫，旋轉，神話	錦繡二重唱〈我的快樂〉
慢搖滾	Slow Rock	搖滾曲風使用時力度更佳，氣勢，團體，大，磅礴	黃小琥〈沒那麼簡單〉 伍佰〈痛哭的人〉
巴莎諾瓦	Bossa Nova	異國風情，自在，輕	Michael Franks〈The Lady Wants to Know〉

用哪種節奏更能幫助你好好說話呢？這就要靠譜曲者好好思考了。

6. **重唱與和聲的安排**：有些歌曲的句子適合使用Delay的方式來處理，再加上左右聲道的轉換與變化，可以營造出歌者在聽眾前後左右的迷幻感。

7. **值得重複演唱的重點句**：這個部分在實作時並不困難，反而難在如何決定誰是重點句，重複演唱可以增加說服力與主題性，例如聯合公園的歌曲〈What I've Done〉。

筆者並不是一代音樂大師，在音樂路上渺小無比，但以上皆是詩譜曲之路走來非常實用的心得，希望除了概念上能給大家一些啓發之外，也能提供實際具體的作法供大家嘗試，接下來在每一首詩譜曲作品中，我們將更細膩的討論每首歌譜曲的細節。

第四章 現代詩樂作品賞析

（請參照《聽見詩歌人聲》有聲書）

#A1　重量

詩—白萩、歌—陳嘉瑀、人聲—張敬

醒來
發覺籐蘿滿地
果實已是纍纍

還有什麼話可說
我是岩層
懷著男人的固執
而妳祇是
一粒小小的種子

一個小小的隙縫
一點小小的溫情
今日已蔓蜒成
我人生的全部力量

🌿 詩人簡介 / 白萩

本名何錦榮。早年詩風積極奮發勇往直前，中期詩作開始走向現實，晚期的詩，則已是圓熟技巧的總結。白萩能詩也能畫，是臺灣現代詩壇的開拓者，也是集大成。著有詩集《蛾之死》、《風的薔薇》、《天空象徵》、《白萩詩選》、《香頌》、《詩廣場》、《風吹才感到樹的存在》、《自愛》、《觀測意象》及詩論集《現代詩散論》等多種。

🌿 導讀 / 顧蕙倩

這首「重量」是一首抒發為生活奔波，悲欣交集的詩作，訴說著：當情愛來的時候很單純，只要愛了就想認真跟隨。可是這情愛一旦走進了生活底層，為愛付出的堅持與背負責任的壓力，終究還是在詩作裡匯聚一股巨大如岩層的生命力量！

在詩中，透過「我是岩層／懷著男人的固執」，想要傳達：面對生活的壓力，依然展現生命的鬥志，原來，詩篇裡如岩層般的詩人依然巨大無比。即使看著生活壓力下可憐的情愛已逐漸萎縮，雖然總有無言以對的時候，依然能以詩默默對抗著。即使面對生活的重擔，除了承擔，好像也沒有什麼話可說，但是只要堅信著自己是厚實無比的岩層，而內心的情愛和心愛的人都是一粒小小的種子，需要被自己祕密保護著，以固執的堅持，將生活「一個小小的隙縫，一點小小的溫情」逐漸蔓蜒成「人生全部的重量」，默默承擔著。

你是不是也曾覺得承擔著所有生活的壓力讓人喘不過氣來？雖然現實壓力無法拋開，但我們可以決定不讓自己被折磨成卑微的身影。就讓我們正視肩膀上的責任，挺直腰桿，為自己也為心愛的人固執地完成這一生

吧！

　　跟您分享這首「新詩」的歌 —— 重量。

 ## 詩譜曲解析 / 小實

　　本詩在白萩老師的《香頌》詩集裡，是難得的光亮之作，生長在時代夾縫的白萩老師，在詩中可看見滿滿的現實考驗，與生活的殘忍，這首詩卻以傲嬌之姿承認了「即使我不願意，你還是在我心中的裂痕發芽，隨時間蔓延成我人生的重量」，整首詩在設計時，筆者彷若看見一位孤獨的男人在夢中看見了芬芳的園地，前奏的四和弦用意在鋪陳夢境的似夢似幻，第一次A、B段的樂器配置較為清淡，彷彿是夢中不確定的行走，當「全部的重量」一句唱完後，夢中的花朵由主角的胸口綻放，讓樂器帶出衝擊感。本曲是為白萩紀錄片《阿火世界》主題曲。

#A2　聽見

詞—顧蕙倩、歌—陳嘉瑀、人聲—張敬

我聽見風　穿越時間和迷惑
你的呼吸　海水鹹鹹溫柔
風沙吹過　山不再輕言承諾　誰能相信
一波一波是守候

有你的港灣　地心深處好溫柔

我願相信你的背彎
靜靜守候潮起又潮落
我願相信
沙灘每一個腳印
風吹不去每一步靠近

我聽見你　每個腳步都溫柔
你的守候　相信
溫柔是承諾
生命走過

我們不願說承諾
只願相信 雙手緊握是守候

倚靠你背彎 聽見地心好溫柔
碧海藍天 走過春秋
靜靜守候 眼底你和我
碧海藍天 不見
孤星和殘月
誰去數潮起潮落

 詩人簡介 / 顧蕙倩

　　大學時期參與師大噴泉詩社以及地平線詩社。曾任報刊編輯採訪、師大附中教師，現任國立臺灣師範大學兼任助理教授。曾獲師大噴泉詩獎、臺北詩人節新詩即席創作首獎、第一屆現代詩研究獎、國立臺灣文學館愛詩網現代詩獎、2014教育部特色課程特優獎、第51屆廣播金鐘獎「單元節目獎」。

　　著有詩集《傾斜／人間喜劇》、《時差》、《好天氣，從不為誰停留》，散文集《漸漸消失的航道》、《幸福限時批》，漫畫劇本《追風少年》，論文集《蘇曼殊詩析論》、《臺灣現代詩的浪漫特質》、《臺灣現代詩的跨域研究》，報導文學《詩領空：典藏白萩詩／生活》等書。

導讀 / 顧蕙倩

　　詩歌可以是山與海的對話，我們可以藉著詩歌窺見大自然傳給我們祕

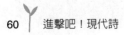

而不宣的啟示。當我們懂得和山說話，便聽得見山要說給我們聽的故事；當我們聆聽了海的聲音，便瞭解海其實還有好深好深的祕密。

　　這首「聽見」訴說著：什麼才是生命的常態。我們總是有好多好多不懂的事，大自然看似無言，卻無時無刻不在教導著我們。在詩中，透過「我聽見風 穿越時間和迷惑 你的呼吸 海水鹹鹹溫柔／風沙吹過 山不再輕言承諾 誰能相信 一波一波是守候」，想要傳達看似無言的山與海，當我們懂得「聆聽」，風會穿過時間和迷惑，將海水般鹹鹹的悲傷記憶吹拂成一陣陣溫柔的風，於是，淚水不再，都成為一波一波守候生命的山嶺。也是此刻才能理解，在大自然的森林裡，我們還有好多好多不懂的事。

　　一如這首歌詞說的：「碧海藍天 走過春秋 靜靜守候／眼底你和我／碧海藍天 不見孤星和殘月／誰去數潮起潮落」，細數多少春秋度過，「靜靜守候生命起落」成為大自然永恆的功課。不管是孤星高掛天空，或是殘月獨自守著黑夜，當我們試著學習「大自然」的節奏，或許就能「聽見」山與海最初的靜美。

　　跟您分享這首歌──聽見。

 詩譜曲解析／小實

　　先曲後歌詞之作，曲的念頭所想的是「陪伴」感，同樣的很開心顧老師又察覺了這首曲子原本的模樣，在曲子中有許多陪伴的元素在裡頭，像是「守候」、「有你的港灣」、「你的臂彎」、「雙手緊握是守候」、「倚靠你臂彎」、「走過春秋」。這首歌的副歌設計，第一小節都是四分音符的平行音階，必須有四個重點字句，顧老師則選擇在這個部分填入了「我願相信」、「碧海藍天」、「靜靜守候」。

#A3　大度山

詩－路寒袖、歌－陳嘉瑀、人聲－張敬

夕陽將它第一件漂亮的
霞衣穿到我身上
花園裡的玫瑰壓不扁
我不高，卻勇敢的抗拒
狂妄的東北季風
日日，更彎著腰
點燃盆地裡亟欲發亮的燈火

 詩人簡介 / 路寒袖

　　本名王志誠，第一首臺語詩「春雨」，發表之後便被作曲家陳明章譜曲，從此，寫詩和作詞就是同步進行了，也為導演侯孝賢「戲夢人生」電影音樂帶的四首歌作詞，全部入圍當年金曲獎最佳方言歌曲作詞人獎。他為潘麗麗生活組曲專輯「畫眉」中所有的歌作詞，更是臺灣歌謠史上的創舉，詩樂、詩詞之跨界，可說在路寒袖的心中佔有一席之地。現為臺中市文化局長，更致力於當地藝文之發展與提升。著有詩集《臺灣歌謠詩作》、《早，寒》、《夢的攝影機》、《春天的花蕊》、《我的父親是火車司機》等書。

導讀 / 顧蕙倩

　　「詩是社會的靈魂，更是誠實的報時鐘」，好的詩人不見得會說好聽的甜言蜜語，但絕對會為這個時代的人們留下最真實的聲音！詩人路寒袖藉著這首「大度山」見證著一位臺灣詩人「楊逵」的偉大生命。他以臺中最具有代表性的自然地景「大度山」為象徵，讓我們清楚地看見楊逵這位詩人的生命昂然挺立在臺灣這片土地上，以詩句「夕陽將它第一件漂亮的／霞衣穿到我身上」，呈現那充滿悲壯又堅毅的身影。

　　在詩中，路寒袖透過「花園裡的玫瑰壓不扁」將詩人楊逵與大度山的東海花園巧妙連結，成功傳達出楊逵一生與當權者「抗爭」的不屈精神，一如這首詩說的：「我不高，卻勇敢的抗拒／狂妄的東北季風」，從日治時代開始，楊逵即以不同體裁的文學作品啟迪民心，成為時代的良心。「日日，更彎著腰／點燃盆地裡亟欲發亮的燈火」，至今，當我們閱讀著楊逵的作品，依然能被字裡行間「民族自覺」的精神和「大我」的情操深深感動，如燈火般照亮黑暗的夜空！

　　你是否也曾為了大環境的不公不義而義憤填膺呢？是不是也為追求正義與真理而曾挺身爭取呢？

　　跟您分享這首「新詩」的歌——大度山。

詩譜曲解析 / 小實

　　這是一首寫給楊逵老師的詩作，楊逵在民國前期，為了農民與生活勇敢地站在前線，挑戰權威，有大半輩子都在牢裡，卻不曾忘記自己的志向，後人總以「壓不扁的玫瑰」來作為對楊逵的暗喻，這首曲應是有磅礡氣勢的，通常要有這樣的氛圍，旋律不能複雜，副歌要大塊，就能在現場演出時與觀眾進行大合唱，這樣紀念一位勇敢的志士，是很容易引起團體情緒氛圍的，合唱的設計可以說是紀念式歌曲最重要的設計。

#A4　誓約

詩—顧蕙倩、歌—陳嘉瑀、人聲—張敬

夏末秋初之時降臨我們這座島嶼
依約而來的強颱
帶著九級陣風
以及暴雨
在山川與海洋間穿梭
你熟悉的狂熱靈感是我夏日的呼吸

為我寫詩
風雨的筆觸儼然你前世的記憶
這充滿回憶的大地
傷痕纍纍後會看見仿如新生的嬰孩
那嬰孩還在母體的黑潮裡泅泳
為你睜開雙眼揮動雙手
瞬間振翅
化為灰黑的暗光鳥飛向海岸

站在潮間帶

聽到哭聲和笑聲都飛翔在立霧溪口
該沉澱的都已蛻爲山脈的低谷
該流逝的都將一一流向海洋
潛伏的礁石、肥美的魚群仍在

暗光鳥縮起右腳沈默睡去
覓食後安靜的休憩
你寫的詩裡
山也靜好，海也靜謐

習慣點讀你寫給我的詩句
風停雨息之後
我知道
再多的諾言在詩裡
都成了山川與海洋
如是遠觀，所以靜美

 詩人簡介 / 顧蕙倩

同前。

 導讀 / 顧蕙倩

「詩人的使命就是要穿越象徵的森林，超越醜惡的世界，達到精神

的彼岸。」人類總是強調自己是萬物之靈，能夠征服大自然，可憐的是，我們總是要到大地反撲的時候，才驚覺自己的渺小，而造物主的殘忍與慈悲，早已在山川的雄偉，與海洋的廣闊裡展示給我們了，只是我們忘了向大自然請益。

這首「誓約」以「你」代表「臺灣」，訴說的正是：臺灣這座島嶼，以海洋和山川，為我們書寫一首首的詩。居住在其間，難免有風有雨，還有令人驚恐不已的地震，有些人總是埋怨歷史帶來的傷痛，也因各自祖先彼此相隔的地緣與血緣，離間彼此情感！

詩人透過詩句提醒我們，大地經過傷痛後會慢慢的自我修復，宛如新生的嬰兒，渺小的我們為何卻執意要沉浸在傷痛的深淵裡呢？詩句中「該沉澱的都已蛻為山脈的低谷／該流逝的都將一一流向海洋」，想要藉此傳達大自然的無私與包容，提醒我們居住的臺灣處處充滿著愛與智慧的力量，一如這首詩最後所說的：「我知道／再多的諾言在詩裡／都成了山川與海洋」，山河不說山盟海誓、而是靜靜陪伴，直到永久！

跟您分享這首「新詩」的歌——誓約。

 ## 詩譜曲解析／小實

這會是一首壯闊的山水詩，同樣是詩人指定的挑戰關卡，以詩譜曲來說，文字越少，音樂能填補的空間越多，當文字越多，音樂的角色就不能太搶，同時傳達出太多訊息與意圖的話，反而會讓人錯亂，不知道這首詩譜曲的重點到底是什麼。因此，本詩在譜曲時，音樂的部分是非常簡單的，甚至在第一句就直接破題開口唱出，第二段的用字明顯激烈時，節奏與樂器也一起湧出；第三段「潮間帶」將大家帶到另一處，曲式就進行了

第三次的轉換：「暗光鳥」帶出下一個時間感，縮起右腳睡去，必須讓音樂跟著寧靜，在寧靜中才能去想「你說過的話」、讀「你寫的詩句」，山川與海洋在這段也已靜止，這段寂靜跟著延續下去。尾奏樂器再次於睡去後湧起，暗濤洶湧，寂靜的喧鬧，就在這一段表現出來。

#A5　擁有星星以後

詩—羅智成、歌—陳嘉瑀、人聲—張敬

我們是真正擁有過星星的
不像那些耽於幻想的人
我們在它下弦的地方
有個巨大的停車場
甚至我們還擁有
失去它之後的
憂傷

 ## 詩人簡介 / 羅智成

　　人稱詩壇的「教皇」，曾經長時期參與多種媒體的經營管理，也曾擔任過相關公職。現為文化創意事業負責人。著有詩集《畫冊》、《傾斜之書》、《寶寶之書》、《光之書》、《泥炭紀》、《擲地無聲書》、《黑色鑲金》、《夢中書房》、《夢中情人》、《夢中邊陲》、《地球之島》、《透明鳥》、《諸子之書》等，攝影集《遠在咫尺：羅智成攝影之旅》。

導讀 / 顧蕙倩

　　這首「擁有星星以後」想要跟我們分享的是：「擁有」與「失去」之間，其實充滿著一體兩面的對應關係。有時我們看似買了一樣東西，正式擁有了這樣東西，然而我們真正擁有了它嗎？擁有的，其實只不過是當下某刻的「共享」時光。就像是開在同一個視窗的「聊天室」，看似聊天的一群人擁有同樣一片雲端空間，其實，只要其中有人逕自關上網路的連結，這個曾經擁有同一片時空的場景就再也不會出現。

　　在詩中，想要傳達擁有星空般燦爛理想的人，雖然不可能因此而真的「擁有」任何一顆星星或是一片天空，但是只要願意抬頭仰望天上的「星星」，將自己的夢想透過任何傳遞模式連結夜空一閃一閃的明亮所在，就能「擁有」棲息靈魂的巨大「停車場」。

　　我們來時一個人，去時依然還是孑然一身。不曾擁有，也就不曾失去，但如詩中所言：「甚至我們還擁有／失去它之後的／憂傷」沒有人可以真正擁有一樣東西，也不可能帶走任何心愛的寶貝，能擁有「失去之後」的「憂傷」，不就證明了我們曾經仰望過那遠方的星空嗎？

　　跟您分享這首「新詩」的歌——擁有星星以後。

詩譜曲解析 / 小實

　　羅智成老師的詩作，有許多綺麗的詞句與安排，這首詩可以說是他的冷門小品作，但正巧符合當時我們進行「城市裡未聽完的詩」系列的都市主題作品，詩句看似淺白，卻還是藏有極深的哲理，裡面有個哲學性的討論主題：「什麼是擁有？什麼是失去？」這其實是一種對於「追求」的討論。東方孟子說：「魚與熊掌不可兼得。」柏拉圖曾帶著弟子到麥田給

他們考驗：「我在另一端等你們，你們只能往前，不能回頭，誰能帶著最大的麥子交給我，誰就得到這片麥田。」最後沒有人成功，因為總想著更好、更大的麥子在前頭，而一直往前走，最後終沒有找到自己期望「最大的麥子」。當我們連失去都擁有了，還能說我們一無所有嗎？最終導出了這樣的結論。因此，詩譜曲時選用輕快的Shuffle，但在尾巴橋段換成Swing切開畫面，彷彿打開窗，讓你看到滿天的星星。

#A6　逆思

詩－顧蕙倩、歌－陳嘉琍、人聲－張敬

請讓我回到那年春天，一張
平靜無波的臉
回到浮萍佈滿無根的心
回到那個不曾遇見你的
優游遊蕩的尾鰭
只是擺盪
如鐘擺，只會訴說著時間的節拍
只有水紋的記憶，那片
不曾遇見你的透明湖心
那時整座湖面如鐘面般
前進的漣漪
一圈一圈，一任時光圈住自己
直到遇見你，放棄天空寧願
掠奪每一個水紋。每一個鐘面
讓整座湖，都收在你的
眼底，漣漪
成了你眼裡試探的風暴

那回不去的春天
那回不去的
佈滿浮萍
無根的
湖心

詩人簡介 / 顧蕙倩

同前。

導讀 / 顧蕙倩

「詩，不僅表現詩人的靈魂火花，也散發詩人與命運對抗時發散的花香。」這首詩，逆思，正是訴說著我們如何面對命運，挑戰命運，進而擁抱命運。詩名取為「逆」字，是指以回溯播放生命環環相扣的神祕連結，除了有用以取代傳統時間直線前進的概念，也有與命運正面迎接，才能擁抱嶄新的思維。

在詩中，透過「請讓我回到那年春天，一張／平靜無波的臉」，傳達時間給我們的禮物，往往就是改變的機會，如果不和命運迎面交手，將成為詩中提到的鐘擺，連成為時間的囚犯都不自知。詩句「直到遇見你，放棄天空／寧願掠奪每一個水紋。每一個鐘面」，指出了，如果我們試著增加一點點的霸氣，再加上一點點的不服輸，去平衡一點點的放棄，那麼時間週而復始的鐘擺裡，還可不可以激盪出不一樣的火花呢？

你喜歡一成不變的生活嗎？還是喜歡帶給自己一些不一樣的改變

呢？

　　跟您分享這首「詩」的歌——逆思。

詩譜曲解析／小實

　　本詩的字數是對譜曲者的挑戰，當詩作長，就要更多次閱讀去找出靈魂句，筆者將靈魂句斷定為「前進的漣漪／呀／一圈一圈／一任時光圈著自己」，選用Slow Rock的節奏，可裝進更多字句的演唱，T12321的科班式Slow Rock指法伴奏，也很能表現洄游之感。最末的「讓整座湖都收在你的眼底／連一成了你眼裡試探的風暴／那回不去的春天／那回不去的佈滿浮萍／無根的／湖心」，筆者編曲時選用了貝斯電子效果器，以Delay的模式來表達時空旋轉之感，最末再讓人聲朗讀，造成電影式的故事效果，當樂器拉掉，只剩人聲的時候，更能突然抓住所有人的耳朵，讓大家把最後一句好好聽完，在心裡產生自己的回憶故事，而達到感動人心的效果。

#A7　暖暖

詩—陳黎、歌—陳嘉瑀、人聲—張敬

七堵八堵之後
這天氣，終於突圍
而出，暖暖起來
就像暖暖這小站

我們趁空檔下車
小站在月台上
我說這地方原是
平埔族那那社所在

那是消失的哪一族
那是哪個年代
你急切地問這問那
我吶吶以對——

我只知道現在天氣
很好，暖暖。我們
在暖暖。像此際
我們明亮的心情

也許車子再開動後
在哪個時間，到
哪個五結六結之地
哪裡又鬱結起來

 詩人簡介 / 陳黎

　　本名陳膺文。曾任花蓮花崗國中教師。現已退休，專事寫作。除文
學創作之外，陳黎亦從事翻譯工作，積極參與花蓮的藝文活動。曾獲時報
文學獎、國家文藝獎、全國優秀青年詩人獎等獎項。著有詩集《廟前》、
《動物搖籃曲》、《小丑畢費的戀歌》、《親密書》、《家庭之旅》、
《小宇宙》、《島嶼邊緣》、《貓對鏡》、《苦惱與自由的平均律》、
《輕／慢》，散文集《人間戀歌》、《晴天書》、《彩虹的聲音》、《詠
嘆調》、《偷窺大師》，音樂評介集《永恆的草莓園》等。譯有《拉丁美
洲現代詩選》等十餘種。

導讀 / 顧蕙倩

　　「現代詩有一種有趣的現象，愈開口念出聲音，就愈能讀出詩中的
內在韻味。」這首「暖暖」也是，整首詩念起來好像坐著慢火車，一路晃

呀晃的優遊幾處熟悉的東北角車站，也像訴說著：當外在現實與內心感情產生矛盾衝突時，經歷的幽微思緒。詩人巧妙的，以臺灣北部的幾個地名為空間聯結，讓行進其間的兩個人隨著地名的出現，而自然浮現各自的心情。

在詩中，透過「七堵、八堵」，想要傳達一種遇到感情問題的心理狀態，但是不管受到什麼困擾，一股暖流隨好天氣自然湧出，那好心情沒來由，即使對方對現實的處境想要一一釐清，詩人只在乎當下在暖暖的暖暖心情：「我只知道現在天氣／很好，暖暖。我們／在暖暖。」詩人知道「也許車子再開動後／在哪個時間，到／哪個五結六結之地／哪裡又鬱結起來」，該去的站名，必須前往的歸途，詩人藉著「五結」「六結」的地名暗指我們該前往的路程。

讀了這首詩，您是不是也覺得人生就好像一次又一次的旅行呢？

跟您分享這首「新詩」的歌——暖暖。

詩譜曲解析／小實

陳黎老師是一位對古典音樂非常有研究的專家，尤其是古典歌劇，他對於旋律未能被預期的期待是高的，也是會在音樂上與筆者互相討論的詩人作者。本詩是暖色系，又有原住民成分與歷史歲月藏在文字裡，主歌的演唱有試圖以聲樂歌曲的模式設計，但也不能缺少流行音樂之感，從中找到調和「那是消失的哪一族／那是哪個年代」的迫切急問，也以一口很長的氣連著演唱來表達，；其中在間奏出現的原民吶喊，期待將人拉進歷史的漩渦中，「我只知道現在天氣很好／暖暖／我們在暖暖」最末演唱這句時，給人的是事過境遷的自由與溫柔感，同是「暖暖」二字，卻有完全不同的意思，一個是形容詞，一個是地名，而我們卻同時有這些。

#A8　晨霧

詞－顧蕙倩、歌－陳嘉瑀、人聲－張敬

從不問　生命是霧還是風
隨陽光舞動　自由
不期待　每個春夏秋冬
直到遇見你　看見自我
我願　潛入寂寞隨你去夢遊
原是自由原是風只想為你看不透
請你　推開窗扉迎風飛

隨你　隨你擱淺海角和天邊
當霧散去放棄自由那是我
夢落時　當你
睜眼願是你的淚

天亮了　陽光走進窗口
指尖透明珠兒　那是我
想成為　你眼底一陣風
願隨你輕輕飛　不願散落

我願　潛入寂寞隨你去夢遊
原是自由原是風只想爲你看不透
請你　推開窗扉隨風吹
隨你　隨你擱淺海角和天邊
當霧散去放棄自由那是我
夢落時　當你睜眼爲你拭去淚
迎向陽光
永恆的寂寞

 詩人簡介 / 顧蕙倩

同前。

 導讀 / 顧蕙倩

　　每個人都可能在不同時間呈現不同的樣貌，也許外人看不懂自己本來的模樣，唯有自己，尤其是遇到真愛時，那無需任何僞裝或是掩飾的真實自我，就會自然顯現無遺。

　　這首「晨霧」想要傳達每個「生命」內涵的形成，其實充滿著不斷成長的「進行式」，究竟生命是爲了完成「一陣霧」的模樣？還是「一陣風」的吹拂呢？其實在清晨第一道曙光穿破雲端前，那還在空氣間飄盪的水氣並不知道自己接下來會變成什麼？那種隨意自由的生命形態，就是生命最初成長的混沌模樣。

　　一如這首歌詞所說的，一個人的生活，可以自在自由的像一陣風一

陣霧，可是一旦學會了爲他人付出，找到了眞愛時，便會願意聆聽他人悲喜，爲他人落淚，這種眞性情的展現，雖然情感上不再無拘無束得像一陣風，卻有了屬於自己眞實的感動，也有了具體的生命形貌。

這首歌詞也想告訴我們，爲了一個眞我的追尋，迎向燦爛陽光，必須犧牲一些露珠般的假象，即使換來寂寞亦在所不惜。這就是一種面對自我的「勇敢」吧！

跟您分享這首歌——晨霧。

 ## 詩譜曲解析／小實

同是先有曲，後塡詞的作品，這首歌當時在作曲時，想著的就是滿滿的希望，滿滿的大步邁前，但我們在將作品交給對方時，都不會預設立場，也不會告訴對方答案，更不會透露創作的動機，因此當顧蕙倩老師完成歌詞時，有點像是默契大考驗，我們的想法與想像是否能契合？最終，很高興終究是往同個區塊前進。

#A9　夕陽前發生的事

詩—顏艾琳、歌—陳嘉瑚、人聲—張敬

弱小的樹枝掉了下來，
剛停歇在上面的鳥聲
如雨滴一般墜落
敲醒草叢中棲息的昆蟲
牠們像鋼琴手的指頭，
反射著
DO

　　　　　　　　　　TI
　　　　　　　RE
　　　　　　　　　　　　　FA
　　　　　　　　　MI

最後一隻高音階的LA
還來不及出現，

夕陽以吸塵器的速度
將這一切吞沒乾淨。

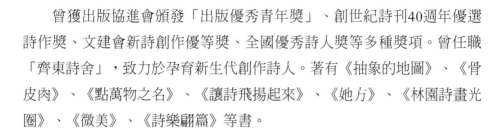

詩人簡介／顏艾琳

　　曾獲出版協進會頒發「出版優秀青年獎」、創世紀詩刊40週年優選詩作獎、文建會新詩創作優等獎、全國優秀詩人獎等多種獎項。曾任職「齊東詩舍」，致力於孕育新生代創作詩人。著有《抽象的地圖》、《骨皮肉》、《點萬物之名》、《讓詩飛揚起來》、《她方》、《林園詩畫光圈》、《微美》、《詩樂翩篇》等書。

導讀／顧蕙倩

　　時間默默的推移！你還記得昨天究竟改變了什麼嗎？

　　這首詩告訴我們：其實，只要再觀察的細微一點，感覺再敏銳一點，我們會發現這世界真是瞬息萬變。也許「光陰一去不回頭」是無法改變的命運，時間也毫不留情的執行壽命「減法」的工作，但這也代表每分每秒的我們都在不斷的「更新」，相對於昨天，每一天都是嶄新的我！

　　「詩是一種，美的文字、音律的、繪畫的文字，寫詩人底情緒中的意境。」夾帶著音符的詩句中，透過「DO/TI/RE/FA/MI」，想要傳達給我們只要認真「感受」周圍的一切，用心「發現」生命歷經的小小變化，一次細微的眼神，一句關切的叮嚀，都會是生命中嶄新的「發生」。

　　這首詩敘述著非常渺小的自然演變，產生了美妙的旋律。雖然夕陽似乎不為所動地將一切吞沒，但是，曾經發生的美好，已默默將這世界永遠改變，夜晚即使依約來臨，黑暗也將一切吞沒乾淨，但是，一切已經再也不同了！

　　在聽過這首詩之後再回頭細想，是否更能發現今天的自己和昨天有何不同？是不是也更能體悟到生活中充滿著許多重要的小事，在在都豐富了

我們的人生呢？

　　跟您分享這首「新詩」的歌——夕陽前發生的事。

 ## 詩譜曲解析／小實

　　本詩非常有趣，艾琳老師本身就對詩樂跨界非常有研究，早在我們完成這次詩譜曲計畫前，艾琳老師就出版過《詩樂翩翩》（華品文創，2012年3月15日出版），本詩在譜曲前就已被賦予旋律：Do Si Re Fa Mi，以唱名來寫，空間很大，若用音名來寫，則為Ｃ Ｂ Ｄ Ｆ Ｅ，連調都被定住了，以唱名寫成是關鍵，也可發現詩人是以「朗讀」為發想在執筆，並非以視覺上被閱讀為起點。唱名即是為了發聲，筆者也的確將其視為挑戰，將紙本上的旋律完全吻合地唱了出來。節奏選擇上，效法U2樂團風格的英式搖滾，讓本曲在視覺上可多些想像，最末以大合唱方式重複重點樂句，象徵城市裡千千萬萬的生物，以各自的生活習慣、靈魂、經驗，演繹著相同的樂句人生。

#A10　祕密

詩－顧蕙倩、歌－陳嘉瑀、人聲－張敬

胸口偷了點你的眼神
夢裡細細回味
一覺醒來　一開口歌唱
完全洩露了一整夜秘密

詩人簡介 / 顧蕙倩

同前。

導讀 / 顧蕙倩

　　詩可以是一扇窗。透過詩，我們看見的不只是窗，而是從另一雙眼睛裡看到的嶄新世界。

　　這首「祕密」想表達的是：生活裡俏皮的小小心事其實也可以如此美好，就好像藏在心裡小小的「祕密」，以為這天地之間只有自己知道，這藏在「保險箱」裡不露一點線索的小小心事，沒想到還是不經意地從生活言談裡顯現出來。

　　在詩中，透過「胸口偷了點你的眼神」，想要傳達暗戀一個人或是

心底藏著一件夢想時，那尚未完成前與自己祕密的約定。那在心裡無法大聲告訴他人時的焦躁，雖是壓抑的，但那安靜不想訴諸言語的滋味，有點像是一個人獨享一顆甜甜草莓的百般感覺，就是一種不想說也無法說的安靜，既羞怯又有喜悅之情，只容許自己在口中安靜的嚼著，嚼著。有的「祕密」是因爲與他人的約定，有時卻是和自己的默契，就像是一棵樹的樹頭，知道「果子」還未熟透，說什麼也不能讓青澀的滋味隨便從樹頭上落下來，一定要等到時機完全成熟，才能從心裡完全釋放。

你是否也曾爲了收藏一個「祕密」，而將自己的心好好的呵護著呢？有沒有感受過藏在心底如「果香」的祕密，偷偷蔓延在空氣裡的迷人滋味呢？

跟您分享這首「新詩」的歌——祕密。

 詩譜曲解析 / 小實

這首詩非常誘惑，說到誘惑，使用拉丁的風格來將其發揮可以得到很棒的效果，因此選用了Bossa的節奏來當主體，這首詩也是先前所提到的，當文字少時，更多可以音樂填補與表現的詩作。到了副歌沒有臺詞，卻有著失控的壓抑瘋狂。「胸口偷了點你的眼神／夢裡細細回味」接到「一覺醒來」的段落時，使用了轉調的手法，讓人彷如從床上摔落下來，驚慌而又自責自己剛剛在夢裡所誕生的渴求，當「祕密洩露」的時候，就是音樂熱情要爆破的點，在不同樂器的SOLO中，表達著不同角度在對望時的內心波動，是一首非常渴望肉體碰觸，卻又極度止於精神戀愛的壓抑歌曲。

#B1　遊樂園

妳不愛　咖啡沒苦味　喝來像水　不夠味
睡不著　偷喝妳的味
咖啡杯　旋轉的畫面　一圈一圈　都是妳
我沈醉　杯裡妳的甜
想帶妳去夢遊
讓妳追逐太空飛梭
我知道　妳的愛閃爍　不相信天長地久
旋轉　旋轉　旋轉
讓妳相信有期待
旋轉　旋轉　旋轉
愛是奇妙的依賴
妳會知道我的愛
看著妳　我的妳　牽著妳
讓我轉不停　我願意　陪著妳轉不停
妳是我一顆恆星
旋轉　旋轉　旋轉
讓妳相信有期待

旋轉 旋轉 旋轉
愛是奇妙的依賴
旋轉 旋轉 旋轉
妳會相信愛存在
旋轉 旋轉 旋轉
妳會知道我的愛
愛是溫柔的依賴

 詩人簡介 / 顧蕙倩

同前。

 導讀 / 顧蕙倩

　　詩歌可以帶我們四處夢遊，更可以讓我們了解人與人之間的相處，不用自己以為最適宜的方式盲目的愛人而不自知。

　　這首「遊樂園」的題目聽起來就是充滿著遊戲的歡樂氣氛，前面不斷出現的「咖啡杯」與「旋轉」動作，訴說著：人與人的相處關係，就像是到了遊樂園繳出購票券，既然選擇想要玩耍的設施，如果要玩出自己的歡樂，就要瞭解不同設施的特色。就像詩裡的「咖啡杯」設施，當我們決定開始和它玩耍的當下，就要抱定隨著它不停地旋轉又旋轉的生命姿態。

　　在歌詞中，透過「想帶妳去夢遊 / 讓妳追逐太空飛梭 / 我知道 妳的愛閃爍 不相信天長地久」，想要傳達奇妙的「愛的真諦」，雖然沒有天長地久轉不停的咖啡杯，兩個人的旋轉關係終有停止的一天，但是一如這

歌說的：「讓妳相信有期待／旋轉 旋轉 旋轉／愛是奇妙的依賴／妳會知道我的愛」，「陪伴」才是讓愛繼續旋轉的「基本動能」，即使因為一些外在因素或心裡的猶豫而停了下來，也會漸漸因為不習慣沒有對方的存在而產生互相依賴的雙人舞關係，如詩裡所言：「妳會相信愛存在／旋轉 旋轉 旋轉／妳會知道我的愛／愛是溫柔的依賴」，於是因著陪伴，不再對愛閃爍沒信心，而是自然而然相信了愛的存在，尤其當旋轉的動能突然停了，便會發現隨著旋轉的身影而舞動的時光多麼美好，自然懂得對待愛人的最好方式。

　　您在遊樂園玩耍的時候，是否感受到每個設施的形態帶給你不同的歡樂呢？跟您分享這首歌——遊樂園。

詩譜曲解析 / 小實

　　本首同是先有曲，後有詞，不同的是，挑戰更大了些，這首歌曲非常流行，非常走Taylor Swift的流行民謠風格，在副歌有兩個高低落差很大的旋律線存在，當時很期待的就是顧老師會如何選擇這個旋律線裡的文字，最後發現選用的是「旋轉」，實在非常驚艷！主要是在這個「轉」字，以聲韻來看，這種三聲的字音押了ㄢ韻，在真假共鳴腔轉換時是非常好換部位的字句，這首曲子可說，只要這兩個字選得讓歌者能通體舒暢的演唱，就會是非常全方位的文字設計。

#B2　愛情

詩—陳謙、歌—陳嘉瑪、人聲—張敬

星星掛滿
從去年冬季
溫暖的聖誕
延燒到今年春野
縱火的薔薇田

愛情是什麼
答案會很多
我只會傻呼呼地想念
笨笨的喜歡
有人說
它跟愛情一個樣

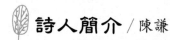 **詩人簡介** / 陳謙

　　本名陳文成，具有出版文創策展人、學院作家等多重身分。現任國立臺北教育大學語創系助理教授。曾獲吳濁流文學獎，文建會臺灣文學獎，臺北文學獎等十餘項。出版有詩集《山雨欲來》、《灰藍記》、《臺北盆

地》等13部。已出版詩樂創作三首：〈今夜阮有一條歌〉、〈菅芒花〉、〈愛情〉。

 導讀 / 顧蕙倩

「問世間情是何物，直教生死相許」，相信大家都聽過這句文學家元好問的詞。

「什麼是愛情？」元好問有著生死相許的壯烈愛情觀。但是現代詩人陳謙就很不一樣了，這首「愛情」訴說著：當「愛情」來的時候，其實並不會想到要與愛人許下「生死相許」這麼壯烈的承諾，只願意每一個當下和他一起分享，一起創造。

在詩中，透過「愛情是什麼／答案會很多／我只會傻呼呼地想念／笨笨的喜歡」，想要提醒我們：當愛情發生時，愛情的偉大，不在於許下什麼生死相許，或是海枯石爛、此情永不渝的偉大的承諾，而是相愛的兩個人享受在一起的當下。甚至，不能在一起的時光裡，也會將傻傻的想念掛滿夜空，將生命裝飾成美好的模樣，就如同詩裡頭說的：「延燒到今年春野／縱火的薔薇田／愛情是什麼／答案會很多」開滿薔薇的春日田野，那是超乎永恆承諾的浪漫情懷，因為愛情，我們懂得欣賞生命的短暫與缺憾，因為有另一個人陪伴著我們，使我們真正看到愛情的模樣。

跟您分享這首「新詩」的歌——愛情。

 詩譜曲解析 / 小實

本詩在譜曲時，可以透過「聖誕」察覺，這故事中的主角是個會在意節日，保有赤子之心的角色，因此譜曲時的節奏便選用年輕可愛的Folk

Rock作爲基底，切分拍猶如輕快的腳步跳躍著，「愛情是什麼／答案會很多／我只會傻呼呼地想念／笨笨的喜歡」這句話在唱的時候，必須將其視爲臺詞，要有傻呼呼和不甘心的口氣，更能「演」出詩的角色，讓可愛主角的個性彈跳出來。

#B3　冬雪

詩—顧蕙倩、歌—陳嘉瑀、人聲—張敬

冬天的第一場雪　安靜降落你的眉間
大地正沉睡　你在夢裡
夢裡的森林還是春天　總是霧　總是霧
你均勻的鼻息　是熱帶的季節雨林

溪水總在歡舞　奔湧向夏天
聽不見大地乾涸欲裂
無法停歇的青春小鳥呀
當冬天的第一場雪　自山頭開始
依然在你身邊　擁你入眠
等待山頭　第一株春櫻

 詩人簡介 / 顧蕙倩

同前。

 導讀 / 顧蕙倩

詩是想像的語言，想像是詩的翅膀。詩可以帶領我們飛到遙遠的國

度，有時是逝去的時光，有時是不願敞開的心靈，有時甚至可以穿越生命的傷痛。

這首「冬雪」正是透過想像，描述著生命對未來的企盼，那是可以穿越冬天層層冰雪的信心，也是人們不假外求就能自動生長的力量，像初春萌芽的種子，可以穿透乾涸欲裂的大地，尋找融化冰雪的陽光。只是我們總是被生命的寒冬覆蓋而忘記自己擁有的這種超能力！

在詩的開頭「大地正沈睡／在夢裡／夢裡的森林還是春天」，詩人想要傳達心靈時空的超越，大地即使冬眠，自我療癒的修復能力隨時可以啟動，也許自己不懂得如何開啟這能力，但卻能透過親友陪伴而喚醒，一如詩裡所言，「溪水總在歡舞，奔湧向夏天」，親友的溫情支持，就會如同我們生命春天的第一聲春雷，冬雪，終將融化。

生活中的現實就像一層層的山壁，你曾有過找不到出口、無法突破僵局的時刻嗎？就讓我們期待冰封的山頭終將開出最燦爛的春櫻吧！

跟您分享這首「新詩」的歌——冬雪。

 ## 詩譜曲解析／小實

在看到冬雪二字，馬上給人的直覺聯想就是白色、寒凍、淒涼，詩譜曲有點像是認識新朋友，第一印象你可能覺得他冷酷不多話，但再往下認識交談，你會發現對方其實非常健談友善，正如本詩在最末端跳出的「春櫻」二字，前頭的寒冷沉睡，原來終究等待著的是第一株山頭春櫻的綻放，於是這首歌被添上了暖色系。再加上這首詩的畫面是跳動的，「降落」、起伏的「鼻息」、歡舞奔湧的「溪水」、「青春小鳥」，這些豐富的跳動，讓這首歌的節奏被選定為輕快的Shuffle，再配以漸進式的和弦行進：C -> C#m7-5 -> Dm7，讓人有逐步前進，尋找春櫻之感。

#B4　不亮也不夜晚

詩－葉莎、歌－陳嘉瑀、人聲－張敬

在冬日之前
繁華被誰一片一片剝下
我們思念萎靡，念頭荒塘
長成一株一株燈籠模樣
讓翠鳥一直站
讓悲傷的魚一直藏
不亮也不夜晚

詩人簡介 / 葉莎

　　攝影者與嗜詩者。曾獲桃園縣文藝創作獎、桐花文學獎、《臺灣詩學》小詩獎，2013年獲新加坡書寫協會邀請出席國際詩人交流大會，2015年獲邀出席緬甸仰光舉行之第八屆東南亞華文詩人大會，與北美詩人中英文合輯《彼岸花開》。著有詩集《伐夢》、《人間》等。

導讀 / 顧蕙倩

　　詩是一種美的文字、音律的、繪畫的文字，寫出人們情感深處的意

境。這首「不亮也不夜晚」正充滿著一種詩的意境。詩人完成一首詩不見得是爲了表達一個明確的主旨，有時只是藉著意象的捕捉，想要傳達一種意在言外的境界。身爲讀者的我們，只要安心地沉浸在詩裡的意境，將自己內心的心情投射其間，便能映照出屬於自己獨一無二的感受。

在這首詩裡，詩人透過「在冬日之前／繁華被誰一片一片剝下」，呈現了大地即將汰舊換新前的過渡期，似乎連大地上的萬物也摸不清造物主下一步的動機。詩句「我們思念萎靡，念頭荒塘／長成一株一株燈籠模樣」，想要傳達：生命在繁華落盡前也好，或是思緒清明前的枯寂無聊也罷，有時生命的模樣就如同這首詩的題目「不亮也不夜晚」一般，一切只是曖昧不明的狀態，就像詩中所說的：「讓翠鳥一直站／讓悲傷的魚一直藏」，暫時什麼也不能推進一步，唯一能做的只有等著冬夜完全來臨，讓黑暗與冰冷徹底擁抱大地後，方能卸下如秋葉般的一切思緒與念頭，方能期待全然的蛻變、黎明的升起。

跟您分享這首「新詩」的歌 —— 不亮也不夜晚。

🌳 詩譜曲解析／小實

這首詩的第一印象，在標題就給你了，要怎麼用音樂來表達「不亮也不夜晚」？是否用「黃昏」來當作不亮也不夜晚的答案？小實並不覺得不亮也不夜晚即代表黃昏，他所暗示的是當事人所在之地，當你是藏在底下的魚，即使是白天，你也不覺得是白天，但你也知道現在並不是黑夜，小實將這句視爲「定位」，而不是時間，也就是說，筆者判定爲本詩應是「我所在的處境不亮也不夜晚」，而不是「我所處的時間不亮也不夜晚」，因此以華爾滋打造出童話感，以舞臺劇走味的畫面感去編寫整首歌的旋律，這是一首很美的詩。

#B5 螢火

詞－顧蕙倩、歌－陳嘉琋、人聲－張敬

請你　關上世界的窗
想念某個遠方　你好嗎
我點亮　夜空閃爍星光
某個相遇時光　在前方
某一個深夜　我的歌
你輕輕哼出動人旋律像呼吸
微風輕輕吹　螢火點點
連星子都偷偷眨眼　億萬光年
我想　螢火是你的眼
星子是我的心　靠近

那天　你寫了一首歌
說著我的故事　好孤寂
你說你　螢火點燃夏季
天空遙遠冬季　太冷清
某一個深夜　你的歌
我輕輕哼出動人旋律像呼吸

微風輕輕吹 星光點點
連螢火都偷偷舞著 沒有黑夜
我要輕輕哼著 你的歌
我一字一句還試著了解你的愛
我願輕輕數著 你的節奏
你眼裡星圖畫出我的路
我願 螢火是我的眼 星子是你的 心 相偎依

詩人簡介 / 顧蕙倩

同前。

導讀 / 顧蕙倩

　　詩歌可以只是一處美麗的風景。它隨晨昏變幻，隨四季舞動，更有趣的是，它還可以偷窺你的心事，偷偷放射出太陽或是螢火般的光。

　　這首「螢火」訴說著：再微小的光，都能隨著自己的溫度，變換出不同的顏色和模樣。一如「螢火」，在深深的黑夜裡，雖然渺小微弱，卻能瞬間點亮當下的夜晚，讓思念的人不致迷路，能看見自己思念的所在。

　　當我們思念著對方，這時，呼吸即使微小又孤寂，如一點點夏日草叢間的「螢火」，卻能因為專心的「想念」，瞬間點亮思緒的遠方，一如這首詩所說的：「微風輕輕吹 螢火點點 / 連星子都偷偷眨眼 億萬光年」，讓天空的藍色小星也瞬間光明遼闊了起來。

　　也許兩個世界的距離只能靠著「想念」讓彼此聯結，但是，隨著彼此

的聆聽，試著哼唱對方生命的歌，終將在「你眼裡星圖畫出我的路」，那舞動的螢火，也就不再只是指引思念星空的使者了，而是成為交換彼此存在的魔術師。而世界再大，有時也需要關上世界的窗，專注某個鍾愛的方向，讓眼裡畫出屬於自己獨一無二的星圖。

　　跟您分享這首歌──螢火。

 詩譜曲解析 / 小實

　　這首作品是反向操作，先有曲，才有文字，當文字被歌曲的格式圈住的時候，他必須在小房間裡進行最大動作的伸展，同時為了不變成歌詞，他也必須不去在意韻腳或是句型的對仗，對詩人來說，有曲而填詞是簡單的，有曲而作詩是非常有挑戰的，也因為旋律比文字先誕生，文字本身的聲韻反過來要去配合曲子，真的不是很容易的玩法，有曲而詞，是我們這次在《逆思》專輯裡很大膽的嘗試。

#B6　藍

詩一吳育如、歌一陳嘉瑀、人聲一張敬

藍色是阿凡達，是天空
是在我心裡流淌沸騰的血液
是幸福的青鳥
是媽媽寂寞的身影
是愛上人的一瞬間
是
世界和平

🌿 詩人簡介 / 吳育如

　　15歲，目前就讀花蓮高商資料處理科，詩作曾獲小老鷹樂園主唱小實青睞，並譜曲公開演唱。

🌿 導讀 / 顧蕙倩

　　這首「藍」的作者吳育如當時是一位就讀國中三年級的年輕小詩人。

　　透過「藍」這首詩，我們清楚地感受著小詩人以「藍色」描繪出內

心各種心情，以「藍色」連結各種層次的感受，細膩而自然。「藍」的色彩語言本來歸爲冷色系，卻時常代表著自由、憂鬱、和平等等如詩般的想像，這首詩就是訴說著：藍色心情的各種「色票」。

在詩中，小詩人透過「藍色是阿凡達，是天空／是在我心裡流淌沸騰的血液」，勇敢又帥氣地連續運用了五個譬喻法裡的「隱喻」。首先以「藍色」與「阿凡達」直接連結，讓我們聯想起電影裡不停在原始森林來去的身影。那是自由熱血的生命形態，也是流竄身體的沸騰血液。然而小詩人在一句「是幸福的青鳥」後，帶著我們急轉直下感情的深谷，藉著「是媽媽寂寞的身影／是愛上人的一瞬間」，想要傳達另一種「藍色」的心情，是憂鬱，是寂寞，是小詩人敏感的心靈。

詩的最後說：藍是世界和平。我們居住在「藍色」星球，70%都是藍色的「七大洋」，即使擁有再多不同的藍色心情，也將包容在一整片沒有國族、沒有疆域限制的藍色海洋裡。透露著小詩人心中最單純眞切的期盼。

跟您分享這首「新詩」的歌──藍。

🌿 詩譜曲解析 / 小實

這是一首簡單純潔的詩，樂器甚至可以少之又少，只要一架鋼琴伴奏就可以足夠將歌曲傳達完成，太多的節奏或是樂器配置都是多餘，因爲這首歌只有一個再簡單不過的感受，就是「媽媽」。藍色有各種想像，是野性的阿凡達皮膚，是充滿希望的天空，卻也可以是媽媽寂寞的背影，也可以是愛上一個人的淡淡酸甜，對詩人來說，也可以是象徵和平的顏色，詩的念頭跳躍是沒有邏輯而直覺的，這就是純眞，音樂怎麼表達純眞？簡單、簡單、再簡單就對了。

#B7　想飛

詩－顧蕙倩、歌－陳嘉瑀、人聲－張敬

隨你　穿過荒原
你的腳尖劃出了
天的弧線
輕盈草間　我們的窩居
你說你
想飛

遠方　棲居的島嶼
荒原深處
那月光　映照著
你的雙眼
我聽見海潮　風
穿過林間
你想說的　此刻
我都聽見

詩人簡介 / 顧蕙倩

同前。

導讀 / 顧蕙倩

詩人楊喚說：「詩是一隻能言鳥，要能唱出心裡的聲音。」從三千多年前的詩經開始，詩便以歌謠的形式在不同的時空傳唱，記錄下許多感動。

詩可以傳達內心最真實的情感，像這首「想飛」表達的是對弟弟的思念，想著無法如願陪在對方身邊，要如何告訴對方，「我真的愛你、在乎你？」

如果親愛的人無法陪在身邊，您會不會恐懼愛會消失而沒有安全感呢？這首「想飛」訴說著：只要我們願意持續聆聽對方的心情，也讓對方瞭解自己的感受，即使不能長相依偎，依然能清楚聽見彼此的心跳和呼吸，感受無所不在的愛。

在詩中，透過「聽見」兩個字，想要傳達一種人與人的神祕連結，不見得非得將彼此的軀體綁在一起，而是能給彼此自由的空間，如詩所說的：「我聽見海潮、風，穿過林間，你想說的，此刻我都聽見。」即使隔著遙遠的時空，他想說的，他的喜悅與憂傷，此刻，我們都願一一傾聽，都能清楚聽見。

你也正在思念著某個人嗎？就讓我們乘著歌聲傳遞深深的思念吧！

跟您分享這首「新詩」的歌——想飛。

詩譜曲解析／小實

　　詩譜曲，看詩的第一要件並非是字字分析、切割，而是看見畫面，甚至可以在腦海中為這首詩畫出一張圖，當你腦海中有了畫面，有了構圖，有了顏色，就有了六成的基本譜曲方向，接下來就是這首詩的關鍵詞句你如何定義，當你的重點句不同，就會譜出完全不同的曲子。以〈想飛〉來說，筆者將重點句訂在「想飛」二字，以重唱方式象徵飛翔的此起彼落，也暗示擊翅時羽翼的紛落，將「飛」尾音拉長處理，猶如風中翱翔之姿。亦有個重點，「想飛」二字選用上行音階，才有上提飛翔之感，若用下行，則難以演唱出空中昂首之姿，語音上也無法順暢，上行音階在「想飛」二字來說，可說是設計重點。

#B8　五十照鏡

崁頂落雪，
烏山頭，七分白。

崁腳開花，
三分目，一櫥冊。

鼻龍失勢，
英雄膽、氣絲短。

面戴粗皮，
人生戲、硬搬過。

耳骨薄細，
欠野草、綁瘦馬。

水壩鎖咧，
一支喙、毋講話。

（酒！酒若沃落，
喙水卡濟過彼條活過來的雷公溪⋯⋯）

詩人簡介 / 林沈默

　　本名林承謨。自一九七三年起投入文學創作領域，四十年來創作不斷，作品以詩、中篇小說、短篇小說、童詩童話為主。九〇年代，為開發多元雙語教材，曾以現代作家身分，率先投入臺語童詩創作行列，獨創「臺灣囡仔詩」書寫，並走遍臺灣309鄉鎮市，寫就臺語三字經「唸故鄉——臺灣地方唸謠（全四冊）」，風格詼諧創新，突破傳統窠臼，被媒體記者、書評家譽為「臺語文學的新高山」。重要著作有：《白烏鴉》、《火山年代》、《紅塵野渡》、《臺灣囡仔詩》、《林沈默臺語詩選》及小說《霞落大地》等。

導讀 / 顧蕙倩

　　詩像一面擦拭光亮的鏡子，除了照見詩人的內心世界，更讓讀者發現隱藏在心靈角落的自己。

　　這首「五十照鏡」訴說著：詩人面臨五十歲以後的起伏心情，有著不想失去什麼的矛盾，也有著必須硬著頭皮接受的茫然。

　　在詩中，透過「崁頂落雪，烏山頭，七分白。」詩人想要傳達頭頂白髮，警覺到已逐漸失去年輕小伙子的衝勁這樣的無奈情懷，一如詩裡所說的：「鼻龍失勢，英雄膽、氣絲短。」可是渺小的我們卻又充滿著想要與時間賽跑的不服輸精神！但是畢竟長了歲數也歷經更多人生如戲的場景，知道無法抵擋身體的蒼老，卻擁有了看透人事的清明智慧。

　　一如這首詩說的：「一支喙、毋講話。」歲月讓我們多了深沉，只是深藏不露的俠士豪情終究還是抵不過一杯黃湯下肚就露了餡！真是「欲說還休，卻道天涼好個秋」。

在聽過這首詩之後，你是不是更能接受每天不一樣的自己呢？與其不敢照鏡子面對生命的逐漸老去，何不以開放的心靈面對更深沉與更有智慧的自己呢？

跟您分享這首「新詩」的歌——五十照鏡。

 ## 詩譜曲解析／小實

這首詩在譜曲前是非常格式工整的作品，臺語詩的譜曲在音韻上更要多加注意，旋律必須多多配合口語發音，歌者才會唱得通體自然，又不失臺語的氣慨。本曲將「酒／酒若沃落」那被引號框起來的段落作為橋段，「酒」和「沃落」皆以臺語口語發音作為旋律，將男子氣慨發揮出來，本曲也以演唱口氣的輕重作為起承轉合，第一次演唱的「崁頂落雪」與最後一次演唱的口氣與心情必須不同，猶如時間淬煉，見山是山，卻也不是山的生命歷練。

#B9　溫柔

詩—顧蕙倩、歌—陳嘉瑀、人聲—張敬

向炙熱地心
慢慢靠近
我是溫柔的風
隨你輕輕飄動
花香和果實
陽光灑滿每一個
蔓生的記憶
相愛深處，大地
依然平靜

 詩人簡介 / 顧蕙倩

同前。

 導讀 / 顧蕙倩

　　這首「溫柔」想要告訴我們：即使這世界有這麼多不確定的未來，我們依然知道如何以溫柔堅定的愛維持內在平靜的力量。

在詩中，想要傳達過於「炙熱」的靈魂常常容易將自己燒成灰燼。如果火山的熔岩在地心燃燒了幾億年，只爲了某一刻全然的噴發而出，將整片山林燃燒到寸草不生，留給大地無限的惆悵，這樣過於炙熱的愛是大地萬物所需要的嗎？無法帶給他人生命的愛，即使自己充滿熱度，最終，也只留下地心噴發後的一片空洞與無窮的荒蕪。

　　一如這首詩說的：「花香和果實／陽光灑滿每一個／蔓生的記憶」，我們能眞正能接受到的愛，應該就像我們的體溫般自然，太高會生病，太低會昏倒，那溫度，必須是剛剛好的可以隨時間慢慢滋長出相愛的記憶，然後有了夏日花香的甜美；秋天到了，也有豐收的果實可以收成。

　　詩裡也說了，大地需要平靜，任何的地殼變動或是火山爆發都會讓居住在大地上的生靈失去生命，無家可歸，所以，「愛」雖然需要溫度，但絕對不能當作「毀滅世界」或是「毀滅自己」的藉口，眞正的愛是一陣溫柔的風，萬物隨之搖動，卻不折斷，也不燃燒成灰，只有地心深處知道，那愛的深處，依然是炙熱的源頭。

　　跟您分享這首「新詩」的歌 —— 溫柔。

 ## 詩譜曲解析 / 小實

　　音樂要怎麼表達溫柔？速度是關鍵，他必須是合乎人類在睡眠狀態時的呼吸長度，空白處可多，猶如隨處可躺的躺椅，平靜，舒緩，因此旋律的波動不宜太大，音程的距離是舒服的，而沒有大弧度的跳躍，傳唱的口氣也要是平和的，樂器的旋律選用簡單的四分或八分正拍音符來進行，就會給人放鬆感，讓人可以閉目進到內心世界好好看見自己，這理當是一首溫柔的詩譜曲作品。

#B10　容許

詩─顧蕙倩、歌─陳嘉琋、人聲─張敬

容許我只是
最後的一片枯葉
一粒塵埃
最後一點點空氣

背棄了天空
請原諒我
飛翔一整座島嶼的山林
枝頭上
我只聽見
你的美麗

 詩人簡介 / 顧蕙倩

同前。

 導讀 / 顧蕙倩

　　我們從小就被教導著要成為一名「成功」人士，堆疊一層一層的階梯

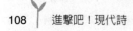

努力使自己往上爬，讓自己成為傲視群雄的一棵大樹，但當我們終於爬上了成功的雲端，究竟看到的是一片自己的夢想，還是沒有邊際的虛無？

這首「容許」訴說著：別忘了，我們是可以有權利「容許」對自己大聲地說：我願追逐自己的夢想，選擇做一片腳邊飄落的枯葉，雖然渺小，卻曾經真真實實地活著！這一片枯葉因為願意勇敢地面對生命的夢想，而勇敢「背棄了天空」，願意為著一時一刻，每個當下的美麗駐足停留！

這首詩想要告訴我們，每一個生命獨一無二的選擇才是最真實的生命風景。與其羨慕鳥兒飛翔的自由，不如問自己，什麼才是自己願意駐足停留的美好夢想呢？

一如這首詩說的「飛翔一整座島嶼的山林／枝頭上我只聽見／你的美麗」，當我們為自己的人生努力經營，擁有一片天空才是最成功的嗎？當自己並不想要成為一隻「大老鷹」，只想駐足在枝頭，專心地愛著一朵花，悠閒地欣賞一朵花的美時，你容許自己放棄一些追求偉大的努力，只願堅持完成自己嗎？

跟您分享這首「新詩」的歌——容許。

詩譜曲解析 / 小實

這是一首叛逆的詩。當這個念頭一出來，選用的節奏就很有方向了，採用搖滾曲風很常見的一、四、七重拍，作為節奏基底，第二次主歌單句拋空的做法，Green Day樂團在〈Wake Me Up When September Ends〉一曲也曾使用過。除了整首歌必須以自信堅持的口吻演唱外，很多情緒是靠著尾奏的弦樂十六音符去逼迫出來的，情緒的激烈可以用半音階的十六音符去推疊，更透過句尾的半音階重複迫降，給人聽覺震撼，有時沒有語言的段落，必須用樂器去說話，詩譜曲並不是只有主唱VOCAL在發聲，樂器與旋律都是傳達意念與營造聽者感受的重點所在。

參考書目

專書

王瑾：《互文性》（桂林：廣西師範大學出版社，2005）

白萩：《現代詩散論》（臺北：三民，1983）

洛夫、瘂弦、張默：《中國現代詩論選》（臺北：大業，1969）

夏宇：《這隻斑馬This Zebra》（臺北：夏宇出版，2010）

國立彰化師範大學國文系：《現代詩的語言與教學》（彰化：國立彰化師範大學國文系，2001）

梁翠苹編：《許常惠音樂史料》（臺北：國史館，2002）

楊牧：《一首詩的完成》（臺北：洪範，1989）

顧蕙倩：《詩領空：典藏白萩詩／生活》（臺中市：臺中市文化局，2016）

顧蕙倩：《臺灣現代詩的跨域研究》（臺北：博揚，2016）

顧蕙倩：《在巨人的國度旅行》（臺北：秀威經典，2017）

期刊論文

臺灣詩學季刊編印：《臺灣詩學季刊：詩與音樂專輯》（臺北：臺灣詩學季刊，2004.6）

網路資料

詩與歌不斷拌嘴——談現代詩中的音樂性 須文蔚 http://dcc.ndhu.edu.tw/courses/poem_writing/music.pdf

 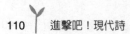

附錄一

「詩歌人聲」廣播單元節目企劃書節錄

張敬

一、**電臺名稱**：內政部警政署警察廣播電臺。

二、**節目名稱**：詩‧歌‧人聲。

三、**目標對象**：一般社會大眾。

四、**播出時間**：每週星期六、星期日12:45～12:50。

五、**節目長度**：5分鐘。

六、**製播方式**：錄音播出。

七、**使用語言**：華語為主，臺語為輔。

八、**製播團隊**：

廣播人－張敬（統籌、配音、後製）

音樂人－陳嘉瑀（詩歌創作演唱、片頭錄製）

詩　人－顧蕙倩（編撰、文字導讀）

張敬：廣播製作、主持資歷20年
2017廣播金鐘獎企劃編撰獎
2016廣播金鐘獎單元節目獎
2013廣播金鐘獎少年節目獎
2013廣播金鐘獎非商品類廣告獎
2008廣播金鐘獎少年節目主持人獎
2006廣播金鐘獎流行音樂節目主持人獎
2005廣播金鐘獎綜合節目獎
2005廣播金鐘獎綜合節目主持人獎
2005廣播金鐘獎非商品類廣告獎
2003廣播金鐘獎非商品類廣告獎

陳嘉瑀（小實）：電臺DJ詞曲作者、音
樂製作、彈唱歌手、街頭藝人、線上藝人。
現任寶島聯播網大千電臺節目主持人
現任創作樂團──小老鷹樂團團長、主
唱、吉他手
現任福茂版權公司專屬詞曲作者
曾任極緻形象音樂小禮堂‧音樂製作人
曾任迪奇創意音樂總監
2008全球華語創作大賞 優勝

顧蕙倩：詩人、作家、老師、文學獎評
審，曾出版詩集、詩人傳記、散文集、劇
本等作品。
2016國家文藝基金會補助
2014教育部特色課程特優獎
2013國立臺灣文學館網路詩獎
2010現代詩研究獎
1985師大噴泉詩獎
1984臺北詩人節即席創作首獎

九、節目源起

　　自民歌手楊弦譜寫詩人余光中的〈鄉愁四韻〉後，校園民歌已走過四十個年頭，至今依然成為臺灣社會共同的記憶。但是我們不禁要問，「民歌40之後，屬於我們的歌在那裏？」

　　民歌代表一個時代的聲音，二十一世紀已走過第十五個年頭，屬於我們這個時代的聲音還是「龍的傳人」或是「鄉愁四韻」嗎？繼民歌四十年之後，我們期待著即將再次出現「新世紀民歌」，一種純粹的詩與純粹的音樂相融對話，既具有詩特有的音樂性，又具樂曲令人神往的節奏感！

　　自2015年起，音樂人陳嘉瑪在這樣的反思下開始投入『聽見詩，看見音樂』的創作，為現今樂壇注入了一股似曾熟悉，卻又新穎的音樂詮釋方式。

　　自從與詩人顧蕙倩共同完成製作首張詩樂跨界《逆思》專輯後，兩人展開一場場環島詩樂巡迴講唱會，陸續發表新詩歌的創作，並深入各級大學、高中、國中校園，及民間詩社舉辦一場場的小型詩樂推廣活動，更遠赴日本大阪進行跨國詩樂分享，引發詩人們的熱烈迴響及參與。後更上一層樓，榮獲文化部文學跨界專案補助，於2016年號召臺灣經典詩人，分別在臺中市與臺北市舉辦兩場大型詩樂演唱會《城市裡未聽完的詩》。

　　其間，廣播人張敬發現小實與顧蕙倩的努力，並認同詩樂跨界的時代意義。於是整合相關廣播資源，全心投入新世紀詩樂的推廣工作，結合人聲導讀，在空中讀詩、說詩、唱詩，使之推廣詩樂教育的功能更形完整。

　　《詩‧歌‧人聲》跨界的三人團隊各展所長、分工合作，將美麗的詩句化為人聲、音符，透過廣播無遠弗屆的力量，深植人心，讓更多人

聽見詩、歌、人聲，並進一步為自己的人生及社會譜寫美妙樂章！

十、節目宗旨

古詩中有「歌詩」，新詩中為何不能有？中國古詩是語言的藝術，可吟可唱，新詩也是語言的藝術，為何就不可入樂歌唱？

詩歌人聲單元，在人聲的引導下告訴聽眾：詩，並非只是文人的語言藝術，它也可以很親民、很大眾化，原來詩也可以這麼唱、如此「樂」耳。

為推廣新詩、鼓勵讀詩，使之「知詩、好詩、樂詩」，並學到新詩可誦、可入樂的特性，我們試圖透過《詩・歌・人聲》創造出詩的親近性，在人聲的引導下告訴聽眾：詩，並非晦澀難懂的意象堆砌，它不但是文字的藝術，更可以深入每個人的心底！透過淺白易懂的導讀與觸動心弦的歌聲，期能祛除大眾對「讀」詩、「寫」詩、甚至「唱」詩的畏懼感。

詩人、音樂人、廣播人的跨界合作，將詩、歌、人聲結合為充滿聽覺美感的單元節目，透過聽覺的傳播力讓廣大的聽眾知道：詩，可以是歌，也可以是你我的人生！

附錄二

詩譜曲作品樂譜分享

小實

夕陽前發生的事
小老鷹樂團
城市裡未聽完的詩

Words by 顏艾琳   Music by 陳嘉瑪

不亮也不夜晚

小老鷹樂團
城市裡未聽完的詩

Words by 葉莎   Music by 陳嘉瑪

Y 進擊吧！現代詩

五十照鏡

小老鷹樂團
城市裡未聽完的詩

Words by 林沈默　　　　　　　　　　　　　　　　　　　　　Music by 陳嘉珶

Standard tuning

♩ = 120

進擊吧！現代詩

重量

小老鷹樂團
城市裡未完成的詩

Words by 白萩   Music by 陳嘉瑪

愛情

小老鷹樂團
城市裡未聽完的詩

Words by 陳謙

Music by 陳嘉瑪

笨 笨 的 喜   歡   有 人 說   它 跟

愛 情 一 個   樣

暖暖

小老鷹樂團
城市裡未聽完的詩

Words by 陳黎   Music by 陳嘉瑪

擁有星星以後

小老鷹樂團
城市裡未聽完的詩

Words by 羅智成

Music by 陳嘉瑀

誓約 詩/顧蕙倩

|4₇| - - - |3₇| - - - |4₇| - - - |6₇| - - - |
夏末秋初之時降臨我們這座島嶼　　依約而來的強颱　帶著九級陣風以及暴雨

A |6m| - - - |2₇| - - |2m₋₃| - |3₇| - - |
在山川與海洋間穿梭　　你熟悉的狂熱靈感　　是我夏日的呼吸

|4₇| - - - |6₇| - - - |
為我寫詩　　風雨的筆觸儼然你前世的記憶

B |4₇| - - - |1₇| - - - |
這充滿回憶的大地　　傷痕纍纍後會看見

|4₇| - - - |6₇| - - |2m₇| - - - |
仿如新生的嬰孩　那嬰孩還在母體的黑潮裡泅泳

|3m| - - |4| |3m| - |4| - |5| |6m| - |4| - |
為你睜開雙眼揮動雙手　　瞬間振翅　化為灰黑的暗光鳥飛向　　海岸

|5| - |1| |5₇| |6m| - |4| - |5| - |5₇| |
站在潮間帶　聽到哭聲和笑聲都飛翔在立霧溪口

|6m| - - - |2₇| - - - |
C 該沉澱的都已蛻為　山脈的低谷

|6m| - - - |2₇| - - |3₇| - - - |
該流逝的都將一一流向海洋　　潛伏的礁石、肥美的魚群仍在

|4₇| - - - |1₇| - - - |
暗光鳥縮起右腳沈默睡去

play: A, Capo: 2

|4₇| - - - |1₇| - - - |
覓食後安靜的休憩　你寫的詩裡　　山也靜好,海也靜謐

key : B

D |4₇| - - - |6₇| - - - |
習慣點讀你寫給我的詩句

Tempo: 70

3²₃ |4₇| - - - |6₇| - - - |
風停雨息之後　我知道　再多的諾言在詩裡

|4₇| - - - |2m| - |4| - |1| |1₇| - - - |
都成了山川與海洋　　　　如是遠觀,所以靜美

..
||4₇| - - - |1₇| - - - |4₇| - - - |6₇| - - - |4₇| - - - |6₇| - - - |

|2m| - - - |3m| - - - |4| - - - |3m| - - - |4| - |5| ||6m| - |4| - |5| - |5₇| |

|6m| - |4| - |5| - |1| |5₇| |6m| - - - |6m| - - - || Fine

Intro : |[1] - - - | [1] - - - | [1sus4] - - - | [1sus4] - - - | x 2times

擁有星星以後-羅智成

[1]   [3ⁿ]   [6ⁿ]
我們是真正擁有過星星的
　　[2mⁿ]　　　　[5]
不像那些耽於幻想的人
[1]   [3ⁿ]   6mⁿ
我們在它下弦的地方
　　[2mⁿ]
有個巨大的停車場
　[4]　　　[4m]
甚至我們還擁有
　[4]　　　[4m]
失去它之後的　　　　　　　　　　　　　　　　　　①
[1] - - - | [1] - - - | [3ⁿ] - - - | [3ⁿ] - - - | [6ⁿ] - - - | [6ⁿ] - - - | [2mⁿ] - - - | [5] - - - :||
憂傷

②
「 | [1sus2] - - | [1sus2] - - | [4add9] - - - | [4add9] - - - |
(2/3/3) After we own , we own the star

| [5sus2] - - | [5sus4] - - | [4add9] - - - | [4add9] - - 0 |
After we own, we own the stars

(3/2) | [1sus2] - - - | [1sus2] - - - | [4add9] - - | [4add9] - - - |

| [1sus2] - - - | [1sus2] - - - | [4add9] - - - | [4add9] - - - | ✗

(3/2) | [1sus2] - - - | [1sus2] - - - | [4add9] - - - | [4add9] - - - |

| [1sus2] - - - | [1sus2] - - - | [4add9] - - - | [4add9] - - - | [1] - - - | [1] - - - || Fine

D key

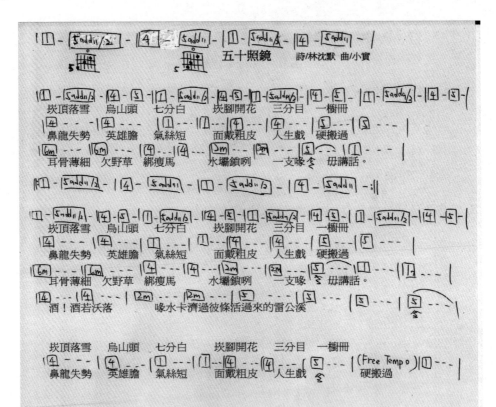

五十照鏡　詩/林沈默　曲/小實

A key , play : G . Capo: 2

Tempo: 110

國家圖書館出版品預行編目資料

進擊吧！現代詩：詩、歌、人聲的傳媒實踐／
顧蕙倩，小實，張敬編著. ――初版.――臺
北市：五南，2018.09
　面；　公分
ISBN 978-957-11-9830-9（平裝）
1.國文科　2.讀本
836　　　　　　　　　　107012027

1X4D 現代文學系列

進擊吧！現代詩
詩、歌、人聲的傳媒實踐

編　　者 ― 顧蕙倩、小實、張敬

發 行 人 ― 楊榮川

總 經 理 ― 楊士清

副總編輯 ― 黃惠娟

責任編輯 ― 蔡佳伶、蘇禹璇

校　　對 ― 卓芳珣

封面設計 ― 王麗娟

出 版 者 ― 五南圖書出版股份有限公司

地　　址：106台北市大安區和平東路二段339號4樓

電　　話：(02)2705-5066　　傳　真：(02)2706-6100

網　　址：http://www.wunan.com.tw

電子郵件：wunan@wunan.com.tw

劃撥帳號：19628053

戶　　名：五南圖書出版股份有限公司

法律顧問　林勝安律師事務所 林勝安律師

出版日期　2018年9月初版一刷

定　　價　新臺幣200元